I0662371

Du même auteur :

Romans :
- «TESTAMENT D'OUTRE-GLACES» © 2003 Diamedit
- « SAGA DEUS temps UN » © 2005 Diamedit
- « JEANNE D'ARCADIE » © 2012 Diamedit

Théâtre / Spectacles historiques :
- « Du Plomb dans la Mitre » (en co-écriture avec Gérard Bavoux) © 2000 Diamedit
- « Cathares » (Tragédie musicale, en collaboration avec Gérard Bavoux pour la musique) © 2001 Diamedit

Scenarii et Romans scénarisés :
- « Le Lacet d'Argent » © 2005 Diamedit (le présent ouvrage, pilote d'une idée de série TV intitulée « Non Nobis Domine » en 6 épisodes, les suivants sont en préparation)

Et autres publications partielles ou intégrales sur Internet :
- www.royalement-votre.com ©1997/2016 Diamedit
- www.diamedit.net © 2000/ 2011 Diamedit

# Jack Minier

## Série « NON NOBIS DOMINE »

# Le Lacet d'Argent

**Diamedit**

ISBN : 9782952526647

*à tous mes amis, virtuels ou réels...*
*et à ceux que j'ai pu avoir en d'autres vies...*

# 1

**Intérieur jour** : Quelque part en Languedoc, dans une vieille chapelle en cours de restauration, des ouvriers s'affairent :

UN OUVRIER :
— Chef ! Chef !... Venez voir !...

BOB :
— Qu'est-ce qu'il y a ? Vous avez un problème ?

L'OUVRIER :
— Pas du tout mais... Il y avait une cache là ! Ça sonnait creux dans le pilier supportant le bénitier. Alors, j'ai descellé le récipient et regardez ce que j'ai trouvé dessous... Je n'ai touché à rien. Je vous ai appelé tout de suite...

BOB :
— Vous avez bien fait ! Hum... Un parchemin scellé... mais dans quel état !

Précautionneusement, l'homme extrait le document de sa cache, le déroule et le parcourt des yeux. Son front se plisse et son regard s'illumine.

L'OUVRIER :

— Alors ? C'est intéressant ?...

BOB :
— Oui, oui... C'est même très intéressant... Bien joué ! Ça vous vaudra une prime mon vieux, ça pourrait s'avérer une découverte importante ...

L'OUVRIER :
— Ou rien du tout !

BOB :
— Ou rien du tout, vous avez raison ! C'est tout le charme de nos professions. Il faut toujours s'attendre à des surprises, mais parfois elles arrivent, et parfois non. On le saura vraiment lorsque le laboratoire aura restauré ce document et que nos spécialistes l'auront déchiffré. Le latin de cette époque-là, vous savez... et dans l'état où il est, il va être difficile d'en tirer quelque chose !... En tous cas, restez discret sur cette découverte... Je ne voudrais pas que tous les fouilleurs de trésors de la région viennent éventrer cette chapelle durant la nuit !

## 2

**Extérieur jour :** Le désert irakien. Trois hommes, enturbannés à la manière orientale bien que visiblement européens, avancent dans les sables au pas de leurs dromadaires. Le plus âgé s'arrête, sort un GPS d'une sacoche pendant à sa selle, y jette un coup d'œil et pointe le doigt vers un monticule.

MARC :
— À combien on est là ? 8 à 10 kilomètres ?... Je crois que c'est ça, les gars !

BOB :
— Tu es sûr ?

MARC :
— Bah !... d'après les coordonnées du manuscrit, oui... mais il n'y avait pas de GPS à l'époque, et si le labo a bien reconstitué les parties manquantes, évidemment !...

BOB :
— Bon... Allons-y !

Ils s'avancent jusqu'au pied d'un petit plateau rocheux surplombant d'une trentaine de mètres un environnement caillouteux et désertique, couvert de débris divers. Quelques pans de murs attestent encore d'une antique fortification, des poteries cassées jonchent le sol. Un lieu peu hospitalier, visiblement abandonné depuis des siècles.

BOB :
— Hé ! Tu avais raison Marc, je crois bien qu'on y est ! Regardez-moi ça !...

TOMMY :
— Ça quoi ?

BOB :
— Eh bien ça, là !... Voyez ce renflement au nord du monticule, dix contre un que ce sont les ruines d'un mur

d'enceinte. Et qui dit mur dit poterne !... Ah ! bien sûr, il va falloir piocher et pelleter un peu ! Vous n'auriez pas voulu que la voie soit entretenue exprès pour nous depuis tout ce temps ?

MARC :

— Ben si ! Et avec le tapis rouge !... Heu... Sérieusement, tu crois vraiment qu'on va trouver quelque chose là-dessous ? Ce n'est qu'un tas de pierres !

BOB :

— Oui, tu as raison... rien qu'un tas de pierres... Mais quelles pierres !... Dire que ce Krak fut l'une de nos plus puissantes forteresses en Orient ! Qui le croirait aujourd'hui, hein ?... Allez ! Au boulot les gars !

Entravant leurs chameaux pour qu'ils ne s'éloignent pas, les trois aventuriers déchargent leur matériel et se mettent à l'ouvrage. Ils piochent et pellettent pendant des heures au soleil couchant, et dégagent des tonnes de sable et de cailloux. Au bout d'un moment un vestige de mur montrant un appareillage de pierre apparaît, encore debout sous le sable.

BOB :

— J'avais raison ! Je crois que nous tenons notre porte, Messieurs !

MARC :

— Hum... En tous cas, ça y ressemble. Je ne parierai jamais contre toi !

BOB :

— Allez ! Encore un peu de courage. Dans deux heures il

fera nuit noire. Si nous pouvions camper à l'intérieur...

Et, encouragés par leur découverte, ils continuent ardemment à dégager ce qui se confirme bientôt être le haut d'une porte dans la muraille, enfouie depuis des siècles...

## 3

**Intérieur nuit :** Le sable a envahi la poterne et ne laisse qu'un étroit passage d'un pied de haut sous le linteau, s'évasant en pente douce vers l'intérieur sur plusieurs mètres de profondeur. Tout à la hâte et à la joie de la découverte, les trois hommes se glissent dans le boyau ensablé.

L'ancienne place forte templière était de qualité. Apparemment, seules les structures extérieures se sont effondrées et gisent, informes, laminées par l'érosion des tempêtes de sable.

Mais à l'intérieur, des torches encore accrochées aux parois comme si le temps s'était figé, semblent attendre patiemment qu'on les rallume. Les hommes débouchent sur une salle de garde typiquement moyenâgeuse et en parfait état. Des couloirs s'ouvrent vers d'autres pièces, la voûte du plus pur gothique est intacte.

TOMMY :
— Magnifiques ogives...

BOB :

— Qu'en dites-vous ? Nos aînés savaient bâtir, non ?

MARC :

— On peut le dire ! Qui pourrait imaginer de l'extérieur...

BOB :

— ...trouver les choses en cet état dedans ?... Je dois dire que moi-même... Et pourtant, j'en ai vu des vestiges de l'Ordre... en tous les points d'Orient ou d'Occident ! De tous ceux négligés ultérieurement par les Hospitaliers, rares sont ceux qui sont encore dans cet état. La sécheresse du climat sans doute ?... Mère Nature elle-même semble n'avoir enfoui celui-ci que pour mieux le protéger. Elle est moins vandale que les humains !

Allons, Messieurs, nous avons bien travaillé pour aujourd'hui ! Si nous installions nos couchages ?... Je suis fourbu. Nous veillerons demain à explorer les lieux et y trouver ce que nous sommes venus chercher...

Les antiques torches, rallumées après huit siècles d'abandon, élèvent une lumière tremblante vers la croisée d'ogives. À l'extérieur, dans l'obscurité du désert, une lueur ténue filtre de la poterne désensablée, et son étrange feu follet tremblant flotte au milieu de la nuit glaciale du désert...

## 4

**Intérieur nuit :** À des kilomètres de là, un camp militaire US. Sous sa tente, un officier se brosse les dents avant d'aller se coucher, un curieux tatouage en forme de salamandre apparaît à son aisselle lorsqu'il lève le bras

gauche.
Un de ses hommes surgit, un afro-américain qui porte sur sa manche des sardines de sergent.

SERGENT MILLER :
— Mon Lieutenant !... luminescence suspecte à 11 heures !

LENNOX :
— C'est probablement encore un de ces feux spontanés. Ce pays est une véritable éponge à pétrole !

SERGENT MILLER :
— Sauf votre respect, ça m'étonnerait mon Lieutenant. Une flamme brille bien plus que ça dans la nuit. Là, on dirait plutôt un éclairage mal camouflé, comme si ça sortait du sol...

LENNOX :
— Un village, peut-être ? Vérifiez.

MILLER :
— Non mon Lieutenant, c'est déjà fait. Il n'y a rien dans un secteur de cinquante miles à la ronde.

LENNOX :
— Alors, ce sera le feu de camp de quelques nomades ?... À combien estimez-vous la distance ?

MILLER :
— 8 à 10 miles d'ici au plus, direction Nord-Nord-Est.

LENNOX :

— OK ! On ira voir ça de plus près dès demain matin...

MILLER :

— Ça nous fera de l'exercice, mais je suis convaincu qu'on va encore se fatiguer pour rien. Depuis dix ans que nous sommes en Irak, on n'a jamais découvert aucun terroriste ailleurs qu'en milieu urbain... Je me demande d'ailleurs pourquoi on nous a envoyé ici, au milieu de nulle part !

LENNOX :

— Depuis quand commentez-vous les ordres, Sergent ?

MILLER :

— Je ne me permettrais pas Lieutenant ! De plus, je dirai que c'est tant mieux ! Je dois bientôt rentrer à la maison et je n'ai vraiment pas envie de tomber sur un de ces cinglés d'Allah ! Même si le confort est spartiate, on est bien plus tranquille ici qu'à Bagdad...

LENNOX :

— Mouais... Bon... Allez-vous coucher, Miller ! Départ demain à cinq heures.

Miller salue et sort. Le Lieutenant se dirige vers sa table de travail et ouvre un ordinateur portable. Il compose rapidement un mail, le crypte, et l'envoie.

## 5

**Intérieur jour** : quelque part à Boston, en fin d'après-midi dans un immeuble cossu, un homme se prépare à rentrer chez lui. Avant de quitter son bureau, il relève ses derniers mails.

GAUTHIER :
— Par le Sang du Christ !... Éminence ! Éminence !... Venez vite !

Un autre homme, au strict costume noir arborant une discrète petite croix au revers, fait irruption depuis le bureau voisin.

SON ÉMINENCE :
— Qu'y a-t-il, Gauthier ?

GAUTHIER :
— Regardez ça !

SON ÉMINENCE :
— Un mail de Lennox ? Tiens, tiens !... Y aurait-il du nouveau ? Que dit-il ?

GAUTHIER :
— Une seconde, je décrypte... Voilà !
« *Le poisson est dans la nasse. L'endroit est repéré. Y allons demain matin. Salute.* »

SON ÉMINENCE :
— Comme ça, nos amis auraient découvert l'endroit exact ?

Ils n'ont sans doute pas encore trouvé l'objet mais ça ne saurait tarder... Laissons-les tirer les marrons du feu pour nous. On interviendra ensuite. C'est bien, Gauthier. Renforcez la surveillance, mais de loin. Pas d'intervention intempestive avant d'être certains qu'ils ont effectivement trouvé quelque chose !

GAUTHIER :
— Entendu, Éminence !

# 6

**Extérieur jour :** dans les sables d'Irak au petit matin. Un des explorateurs sorti prendre l'air se penche à l'entrée du boyau.

TOMMY :
— Commandeur !

BOB :
— Oui...

TOMMY :
— Je crains que nous n'ayons de la visite !

BOB :
— Ton avis ?

MARC :

— Je ne sais pas... Les américains peut-être ?...

TOMMY :

— J'ai vu une colonne de poussière, plein sud. Elle retombe maintenant. Ils se sont arrêtés derrière une dune à trois kilomètres environ. À mon avis, ils nous observent...

BOB :

— Plein Sud, dis-tu ? En ce cas, ils ne peuvent déjà nous avoir vu à cette entrée nord, nous sommes protégés par le plateau... Il faut rentrer tout le matériel à l'intérieur et camoufler cette poterne ! Que le sable la recouvre comme avant notre arrivée. Tu peux arranger ça ?

TOMMY :

— Pas de problème, Commandeur !

BOB :

— Oh, ça va ! Arrête de m'appeler comme ça ! Je suis comme vous, un parmi d'autres...

TOMMY :

— Oui Commandeur !... Et les chameaux ?... Ils vont voir nos chameaux !

BOB :

— Ah oui, les chameaux... Hum... Il faut les désentraver pour qu'ils paraissent sauvages. Peste ! On va être bloqués un moment ici si on laisse partir les chameaux... D'un autre côté, on ne peut pas prendre le risque de se laisser pincer. Américains ou pas, on n'est jamais sûr... Marc ! On a de l'eau pour combien de temps ?

MARC :

— Deux jours sans problème. Trois ou quatre, si on se rationne.

BOB :

— OK. Tout le monde coupe son portable !... Quelle heure est-il ?... Hum... On a au mieux une demi-heure devant nous pour tout planquer et jouer les taupes. Considérez-vous en état de siège comme du temps de nos ancêtres !

## 7

**Extérieur jour :** la colonne américaine.

LENNOX :

— Miller... Vous voyez quelque chose ?

SERGENT MILLER :

— Non, mon Lieutenant. J'ai eu du mouvement tout à l'heure mais pas clairement identifiable, et voilà un moment qu'il ne se passe plus rien .... S'il y a quelqu'un là-bas, il est vachement discret !

LENNOX :

— Moi j'ai vu un chameau. J'espère qu'on ne s'est pas

déplacés pour un chameau !

MILLER :

— J'en ai vu trois, mon Lieutenant. On pourra toujours faire un méchoui !... Mais vous pouvez me croire, ça n'est pas un chameau qui produisait la luminosité d'hier soir ! Bien que faible, elle était parfaitement caractéristique, je vous assure !

LENNOX :

— Je vous crois Miller, je vous crois, sinon nous ne serions pas là... Mais ce calme est suspect. On va attendre encore un peu avant d'aller au contact. Je ne voudrais pas vous faire tomber sur un nid de terroristes une semaine avant la quille, n'est-ce pas ? Maintenez la surveillance. Je vais voir de mon côté s'il est possible d'obtenir des images satellite, Blackbird devrait survoler le secteur d'ici une heure ou deux... Et avec un peu de chance, il aura photographié les lieux lors de son dernier passage...

MILLER :

— Entendu mon Lieutenant !

## 8

**Intérieur nuit :** Dans la salle de garde les torches sont allumées.

BOB :

— Mes amis, nous voilà enterrés vivants. En plongée comme dans un sous-marin. Si nous avons été repérés, notre localisation par sonar est à la portée de l'adversaire. On ne bouge plus une oreille pendant deux ou trois heures. Ne parlez plus que par signes ou à voix basse, et marchez sans bruit.

TOMMY :

— Tu ne trouves pas que tu en fais un peu trop, Commandeur ?

BOB :

— Fais moi confiance Tommy, j'ai quarante ans et pas mal de bourlingue derrière moi. Ça ne fait pas longtemps que tu es parmi nous mais tu apprendras que nos précautions ne sont pas inutiles. L'ennemi est partout.

TOMMY :

— Mais les américains ne sont pas nos ennemis...

BOB :

— Pas les Ricains en tant que tels, non bien sûr, mais on sait que leur état-major est infiltré. Et puis, il faudrait leur expliquer ce qu'on fait ici... Trop de choses sont en jeu, je ne veux prendre aucun risque ! Cette opération est ultra-secrète, même par rapport à des « amis » supposés...

MARC :

— Si on profitait de cette plongée pour explorer un peu le bâtiment ?

BOB :

— Bonne idée, Marc ! De toute manière on devra le faire. Enterrés ou non, ça ne change rien pour l'instant. Et puis, en nous enfonçant plus profond, nous aurons davantage de chances d'échapper à leur sonar...

Deux couloirs s'enfoncent en pente douce depuis ce qui avait été la salle de garde de la forteresse. Celui de gauche mène rapidement à une impasse. Quelques grosses jarres cachetées au sceau du Temple, encore pleines d'olives et de grains desséchés, d'huiles et de vins épaissis par l'évaporation à travers la porosité des terres cuites, apprennent à nos explorateurs que le défaut de provisions n'était pas la raison de l'abandon du fort au XIIIe siècle.

MARC :
— La réserve du Krak. Depuis sept siècles... décidément, le désert conserve mais la date de péremption doit être un peu dépassée !...

TOMMY :
— J'espère que nous n'aurons pas à nous en servir !

BOB :
— Vos gueules ! Plus bas... Bon, il n'y a rien de plus à voir par ici. Allons voir l'autre couloir.

Long d'une dizaine de mètres, le second couloir débouche sur une nouvelle salle voûtée, ronde avec plusieurs autres ouvertures disposées en étoile à cinq branches. Au milieu de la salle, un genre d'autel en pierre sur lequel trône une épée encore brillante malgré les siècles...

MARC :

— Hey ! Quand je disais que le désert conserve ! Vous avez vu ça ? Aucune corrosion, aucune trace d'humidité ! Je me demande à qui elle appartenait...

BOB :

— Probablement au Grand Maître du lieu... Mais je me demande pourquoi il l'a laissée ici quand ils sont tous partis...

TOMMY :

— À moins qu'ils n'en soient jamais partis ?

BOB :

— Que veux-tu dire ?

TOMMY :

— Qu'ils sont peut-être morts ci. Qui sait ? Finalement, on ne sait rien sur cette forteresse templière. Si ce manuscrit retrouvé n'en faisait pas mention, personne n'aurait jamais soupçonné ce lieu d'avoir été le nôtre...

BOB :

— Tu veux dire qu'on ignorerait encore jusqu'à son existence !... Jusque là, on était loin de se douter que le Temple avait établi des bases si profondément avancées dans la Syrie de l'époque. Et surtout, sans que Saladin les anéantisse. C'est ce qui en fait vraiment un mystère à mes yeux.

TOMMY :

— En tous cas, ils ne sont pas morts au combat. On en verrait des traces. La forteresse n'a pas été conquise par les Musulmans mais abandonnée !... Abandonnée au sable et au temps bien avant la perte de Saint-Jean d'Acre. C'est ce qui est le plus étrange... Comme si on avait évacué avant toute bataille une position jugée intenable...

MARC :
— Dans ce cas, pourquoi l'avoir érigée si c'était pour l'abandonner sans combat ?

BOB :
— Erreur de stratégie, peut-être ? Mais elle a servi tout de même au moins un siècle.

MARC :
— Mouais... Allons voir plus loin. Nous en apprendrons peut-être davantage...

Répertoriant les cinq nouveaux couloirs, les chercheurs s'engagent dans le numéro un, côté Ouest. Il conduit à une petite pièce tout en hauteur, sans intérêt architectural mais vitale pour la vie du lieu : la margelle d'un puits trône au beau milieu.

MARC :
— Un puits en plein désert... C'est peut-être la raison de l'abandon de la place ?... Y a-t-il encore de l'eau ?

BOB :
— Chut ! Écoutez ! Oui, on dirait bien le bruit d'un écoulement...

TOMMY :
— En effet !...

Ramassant un caillou tombé de la paroi, Marc le lâche au-dessus de la margelle. Deux, trois, quatre longues secondes, plouf ! Le bruit d'une chute dans l'eau...

BOB :

— Merde alors ! Il n'est pas tari mais il doit bien faire ses trente mètres de profondeur ! En pleine roche ! Chapeau les anciens ! Il fallait le faire ! Dommage qu'on n'ait pas prévu assez de corde...

MARC :

— Nous, non, mais eux, oui ! Regardez là-haut ! dit Tommy en levant sa torche.

Les regards s'élèvent. En effet, tout y est prévu. Une longue chaîne passant dans une poulie suspendue au plafond redescend s'enrouler sur un treuil de bois encastré dans la paroi. Une double manivelle en permet la manœuvre. Un seau de bois cerclé y pend encore, baillant de toutes ses planches disjointes.

TOMMY :

— Hum... Ce n'est pas avec ce seau qu'on puisera grand-chose !

MARC :

— Bah ! L'important c'est la chaîne. Pour le reste, un jerrican en plastique fera l'affaire. Au moins, Messieurs, nous ne mourrons pas de soif même si le siège dure des semaines. Allons voir plus loin...

# 9

**Extérieur jour :** la colonne américaine. Le Lieutenant Lennox tient des photos à la main.

LENNOX :

— Je viens de recevoir les clichés pris il y a cinq minutes de là-haut. Rien à signaler là-dessus. Aucune source d'émission électromagnétique, aucune vie apparente à part trois chameaux sauvages. Je me demande quand même ce qu'ils font si loin de tout pâturage... Il n'y a que des cailloux à brouter ici !

MILLER :

— Alors, Lieutenant ? Qu'est-ce qu'on fait ? On rentre ?

LENNOX :

— Non, non, Miller ! Pas tout de suite ! Car les photos d'hier montrent qu'il y avait bien trois hommes sur ces chameaux. Pas identifiables vus de là-haut mais bien présents hier soir... Où sont-ils passés ? Cette luminosité relevée dans la nuit, et ce matin ces chameaux tout seuls au milieu de nulle part... Rien n'est normal dans tout ça. Ces enfoirés de terroristes sont capables de tout, et ça ne serait pas surprenant qu'ils aient enterré en plein désert une de ces caches d'armes de destruction massive tant recherchées... Nous ne sommes pas pressés. Puisqu'il n'y a personne en surface, on va s'approcher et sonder un peu les lieux. Colonne, en avant ! Droit jusqu'au pied du plateau !

## 10

**Intérieur nuit** : Boston, le siège de « *Soleil Noir* ». Le jour commence à peine à pointer. Dans un bureau en haut d'un building, un homme en noir somnole devant une batterie d'ordinateurs qui bourdonnent. Une voix synthétique le réveille brutalement.

« *Recherche terminée ! 1 document correspondant* »

L'homme clique sur l'hyperlien signalé. Le document s'ouvre. C'est la version numérique d'un parchemin moyenâgeux enregistré sous le numéro X-T-1284-72 à la bibliothèque vaticane dont l'organisation a carrément piraté la compilation complète.

Un texte en écriture caroline s'étale en toute innocence sur l'écran. L'homme les parcourt de ses yeux chassieux qu'il écarquille soudain.

GAUTHIER :
— Nom de Dieu ! (Oh pardon Seigneur !) ... Quelle heure est-il ? Cinq heures dix... Est-ce que je peux réveiller Son Éminence si tôt ?... Hum... Je crois qu'elle m'en pardonnera l'audace quand elle saura...

Il forme un numéro sur son portable.
— ... Allo ? Éminence ?... Excusez-moi de vous tirer du lit. C'est moi Gauthier. Je viens de trouver ! C'est proprement incroyable !

SON ÉMINENCE :
— Ne dites rien, j'arrive !

## 10

**Intérieur jour :** même bureau, une heure plus tard.

SON ÉMINENCE :
— Bonjour Gauthier ! Alors ?...

GAUTHIER :
— Éminence... Je vous présente le Codex Syriaquus, codifié actuellement N° X-T-1284-72, il fut enregistré en l'an de grâce 1284 à la bibliothèque vaticane. Voilà presque huit siècles qu'il y dort tranquillement. Et regardez ce qu'on y lit !...

SON ÉMINENCE :
— Traduisez Gauthier, traduisez ! Vous savez bien que le latin n'est pas ma spécialité.

GAUTHIER :
— Eh bien voilà, Éminence : en gros il est dit que le Krak de Routba contrôle la route de Damas à Bagdad. Ça, on le savait déjà avec le renseignement recueilli à Paris, mais ce qui est beaucoup plus intéressant, c'est ceci :

*« En l'an de grâce 1155, d'un commun accord entre Assad el Din Chirkoh, envoyé de Nour el Din, gouverneur de Syrie, et Muhammad ibn Bozorg ummid, descendant et successeur du « Vieux de la Montagne »*[1]*, ce lieu est*

---

1 *Le « Vieux de la Montagne », de son vrai nom Hassan Ibn Al-Sabbah, était*

*accordé aux chevaliers chrétiens appelés Templiers lesquels se sont secrètement engagés pour tous les temps à venir à y faire respecter une parfaite neutralité, à y accueillir tout voyageur égalitairement et dans la paix, quelle que soit sa race ou sa religion... »*

Rendez-vous compte, Éminence ! C'est la preuve ! la preuve tant recherchée de leur trahison ! Leur collusion avec les Sarrasins !... Et elle était au Vatican !!!

SON ÉMINENCE :

— En effet ! C'est bien là une preuve. Mais que pouvons nous en faire ? Nous ne sommes pas sensés la détenir. Pour qu'elle soit utilisable, il faudrait obliger le Vatican à la déclassifier et à la produire lui-même, mais il ne sait même pas qu'il la détient dans son fatras, et nous ne pouvons pas lui dire non plus que nous l'y avons découverte nous-même sans sa permission !... Laissez-moi réfléchir à la question... Qui était pape en 1258 ?

GAUTHIER :

— Grégoire IX... Mais on était en pleine dispute des « Guelfes » et des « Gibelins » pour la succession au trône de Sicile, vacant suite à la mort de l'empereur Frédéric de Hohenstaufen et lorgné par le pape pour son fils... Ce document aurait fait tache dans le tableau de l'époque. Je comprends qu'il ait enterré la question !

SON ÉMINENCE :

— Hum... les futures « Vêpres siciliennes » hein ?... et l'accession des Anjou au trône de Sicile... ce document aurait bien pu contrarier la chose... Je comprends qu'il ait été retiré de la circulation en effet, mais tout ça c'est de

---

*le chef spirituel de la secte des « hashishiyyins » (d'où est tiré le mot « assassins ») qui du haut de sa forteresse d'Alamût au XIIe siècle envoyait ses tueurs exécuter de hauts personnages politiques du monde oriental.*

l'histoire ancienne. À quoi peut bien servir de la déterrer aujourd'hui ?... Pourquoi les Templiers recherchent-ils si activement les traces de leur propre trahison ?... Je ne comprends pas. Quelque chose nous échappe...

GAUTHIER :

— À moins... À moins qu'ils ne recherchent pas la trace de leur trahison mais au contraire la preuve de leur dignité dans cette affaire...

SON ÉMINENCE :

— Que voulez-vous dire, Gauthier ?

GAUTHIER :

— Eh bien... je vous accorde que ce document est accablant pour eux, mais admettons — simple supposition, Éminence — qu'ils n'aient pas traité avec les Sarrasins de leur propre chef, mais missionnés, « sur ordre secret » du Vatican ou de l'empereur de Constantinople ?...

SON ÉMINENCE :

— Dans quel but ?

GAUTHIER :

— Je ne sais pas moi, pour protéger des intérêts commerciaux par exemple ?... Après tout, la forteresse était sur la « Route de la soie » comme elle est de nos jours sur la route du pétrole...

SON ÉMINENCE :

— Continuez...

GAUTHIER :

— Bah ! Je dis peut-être n'importe quoi mais les Templiers étaient sensés protéger les chemins de pèlerinage et, à cette époque, ces chemins étaient également les routes du commerce... Enfin, ce que j'en dis... C'est juste une idée comme ça...

SON ÉMINENCE :

— Oui, oui, oui, Gauthier ! Une excellente idée, même !...

GAUTHIER :

— Je vous remercie, Éminence.

SON ÉMINENCE :

— Et qui était pape en 1155 ?

GAUTHIER :

— En 1155 c'était Hadrien IV, le seul pape anglais. Mais il faut s'imaginer que les temps de parcours étaient bien plus longs qu'aujourd'hui et, si mon hypothèse est juste, ce serait plus logiquement le pape précédent, Eugène III, qui aurait missionné le Temple... C'est d'ailleurs beaucoup plus probable puisque cet Eugène III était un disciple de Bernard de Clairvaux et cistercien comme lui.

SON ÉMINENCE :

— Hautement probable, en effet... Merci Gauthier, je commence à y voir clair... Eugène III ou Hadrien IV, l'un ou l'autre pape, on ne sait pas lequel, aurait donc autorisé l'Ordre du Temple à établir une forteresse en plein territoire sarrasin afin d'y garder quelque chose...

Oui, mais quoi ?...

Puis, devant l'invasion du terrible Gengis Khan, ces braves moines-soldats auraient décampé, abandonnant sur place la chose qu'ils étaient sensés garder... Il fallait pourtant qu'elle eut une importance extrême tant pour les chrétiens que pour les musulmans... Que pouvait-il donc y avoir de si important ?...

# 11

**Extérieur jour :** la colonne américaine. Le Lieutenant Lennox vérifie ses mails. L'un d'eux provient du QG de l'organisation. Il le décrypte :

« Bonjour Lennox. Nous croyons avoir trouvé pourquoi ils s'intéressent tant à ce lieu. Il est probable qu'ils y recherchent un élément ou un objet prouvant leur parfaite honorabilité face au principal reproche qui leur fut adressé d'avoir pactisé avec les Sarrasins. Si possible, laissez-les trouver, puis capturez-les et saisissez l'objet. À défaut, détruisez la cible ! »

LENNOX :
— « Voilà qui a le mérite d'être clair !... Ils sont bien gentils là-bas mais, si nos oiseaux sont bien là, on ne les a pas encore attrapés. Quant à les détruire, je ne me vois pas faire bombarder la cible officiellement vide que constitue un tas de cailloux en plein désert. Ils me prendraient pour un fou à l'état-major US ! Je vais plutôt continuer de sonder au sonar pour les localiser »...
Miller !

MILLER :

— Mon Lieutenant ?...

LENNOX :
— Vous avez du nouveau ?

MILLER :
— Rien, mon Lieutenant. Aucun signe de vie détecté. Il y a visiblement des cavités là-dessous mais s'il y a quelqu'un, ils sont au moins à 5 à 10 mètres de profondeur.

LENNOX :
— Continuez Miller ! Ils finiront bien par remonter à la surface ! On reste. Faites installer le camp pour deux jours.

MILLER :
— À vos ordres !


## 12


**Intérieur jour** : Paris, quartier du Marais. Un immeuble cossu bien que d'apparence vétuste indique sur une plaque de cuivre : « *F.R.A.P. Fondation pour la recherche archéologique et patrimoniale* ». Un homme élégant et d'un certain âge salue la réceptionniste, pousse une porte à empreinte digitale, et pénètre dans un bureau spacieux.

LE COMMANDEUR :
— Bonjour Lorenzo ? Alors ? Cette nouvelle ?

LORENZO :

— Vous allez rire, Commandeur, elle nous vient indirectement du Vatican. Ce n'est pas ce qu'on pourrait appeler une nouvelle fraîche mais elle vaut tout de même son pesant d'or...

LE COMMANDEUR :

— Comment ça ?

LORENZO :

— Le capteur directionnel braqué sur leurs fenêtres à Boston... Ce matin nous avons surpris la conversation de Gauthier et son responsable. Voici l'enregistrement, écoutez...

Toute la conversation entre Gauthier et l'Éminence grise de *Soleil Noir* défile. Le Commandeur reprend la parole :

LE COMMANDEUR :

— Bougrement intéressant, en effet. Ainsi, ils ont piraté les archives numérisées du Vatican et ce document était dedans... Peut-on savoir quelles mesures ils ont prises ?

LORENZO :

— Non Commandeur. Ils ont parlé d'un mail à quelqu'un là-bas, un certain Lennox, mais impossible d'en connaître le contenu. On écoute bien aussi leurs communications électroniques mais ils disposent d'un super code de cryptage, pire que la NSA. On n'est pas encore parvenus à le casser. Quant à l'adresse de ce correspondant, ils utilisent tellement de relais qu'il nous faudra sans doute plusieurs heures pour la trouver.

LE COMMANDEUR :

— A-t-on une liaison avec l'équipe de Bob ?

LORENZO :

— Impossible Commandeur ! Il semble qu'ils aient éteint leurs portables. Ils sont dans le maquis complet.

LE COMMANDEUR :

— Très bien !... ceci a le mérite de nous apprendre plusieurs choses :

1) Ceux d'en face vont tout faire pour rendre la tâche plus difficile à nos gars, mais ça n'est pas une nouveauté.

2) S'ils sont au courant de notre recherche, c'est que nous avons une taupe chez nous. Et ça c'est plus grave ! Nous devons la démasquer rapidement.

3) Nos garçons ont bien trouvé l'endroit exact, mais se trouvent en difficulté. L'extinction de leurs portables témoigne qu'ils en ont pris conscience.

4) Ce « Lennox » est à proximité, donc lui aussi en Irak. Reste à l'identifier.

5) Enfin, *last but not least* : ce document, d'apparence accablant pour nous en effet, n'est jamais sorti du Vatican même aux pires heures du procès du Temple. Pourtant, au lieu de l'abolir « par provision » comme il l'a fait, le pape Clément V aurait eu beau jeu, avec un tel document à l'appui, d'obtenir une condamnation claire qui n'eut pas manqué d'être approuvée à l'unanimité par le concile... MAIS IL NE L'A PAS FAIT !... La question est : Pourquoi ? Pourquoi s'est-il privé d'utiliser cette pièce ?... Pourquoi est-elle restée enterrée dans les caves du Vatican ?

LORENZO :

— La réponse est sans doute là-bas, justement... Clément V ignorait peut-être l'existence de ce document comme de cet établissement ?... Et puis, à l'extinction du Temple en 1312, Saint-Jean d'Acre et la Terre Sainte étaient déjà perdus depuis vingt ans et il n'était plus possible d'aller rechercher quoi que ce soit en Irak, je veux dire en la Syrie de l'époque. Souviens-toi Commandeur : Clément V ne souhaitait pas réellement la suppression de l'Ordre, il voulait surtout l'avoir « à sa main ». Ce n'est que contraint et forcé qu'il prit cette mesure d'extinction par provision, pour couper l'herbe sous le pied de Philippe le Bel. Son successeur l'a d'ailleurs annulée.

LE COMMANDEUR :

— Possible... Mais le mal était fait et résultat fut le même ! Ça n'a pas empêché Philippe le Bel de spolier nos biens et de brûler nos frères. Cette injustice me révoltera toujours, et nous en sommes encore réduits à œuvrer dans l'ombre aujourd'hui... Nous n'existons pas, Lorenzo ! Nous n'avons plus aucune existence officielle depuis sept siècles ! Tu te rends compte !... Sept cents ans !...

LORENZO :

— Ça ne nous a pas empêché de faire sortir Jeanne d'Arc le moment venu, ni d'inspirer la Révolution Française !

LE COMMANDEUR :

— D'accord mais, à part ceux d'en face, qui sait que c'est nous qui avons œuvré ?... L'église s'est bien vite débarrassée de Jeanne avant que d'en récupérer la légende à son profit et d'en faire une sainte ! Quant à la Révolution Française, tout le monde croit que ce sont les francs-macs qui l'ont suscitée... Enfin, l'anonymat a ses avantages aussi, je ne le nie pas, mais il y a des jours où j'en ai ma claque !

## 13

**Intérieur nuit :** Dans les souterrains du Krak.

Les quatre autres portes donnant sur la salle centrale mènent vers des pièces banales. Dans le couloir N° 2 un escalier descend vers ce qui avait dû être des latrines et plus loin, à des cellules de prison qui ont conservé derrière leurs barreaux le squelette d'un malheureux enchaîné à la paroi. Au bout du N° 3, une grande pièce qui semble avoir été la cuisine offre encore à la vue du visiteur divers gobelets, couteaux, et pots d'épices épars sur une paillasse. Un grand chapeau de feutre vert, en partie mangé par des insectes, est encore accroché à la poutre d'une large cheminée bouchée par l'éboulement des structures supérieures. Rien d'intéressant. Dans le N° 4 dont la seule originalité est d'ordre artistique, une sculpture au linteau représentant une tiare papale, un départ d'escalier remonte vers le haut de la forteresse mais, comme la cheminée, il est comblé par les éboulis. Le n° 5 est celui par lequel ils sont entrés. Outre la sculpture de son linteau représentant un croissant de lune, il aurait fallu dégager le sable qui l'encombrait encore sur plusieurs mètres pour lui trouver un intérêt quelconque... Les trois hommes sont perplexes.

BOB :
— Tommy...

TOMMY :
— Oui Commandeur ?

BOB :

— Robert ! Je m'appelle Robert... Fait comme Marc, appelle moi Bob ! J'en ai marre de cette déférence, nous n'en sommes plus au Moyen-âge ! Ma vie dépendra peut-être un jour de toi ou la tienne de moi. Considère que tu es mon frère, pense et agis comme tel !... Je disais donc : Tommy...

TOMMY :

— Oui Bob !

BOB :

— Si je résume la situation, le parchemin trouvé en Ariège indique exactement cet endroit. Il est donc parfaitement fiable puisque nous avons trouvé sans coup férir et l'emplacement du Krak et son entrée. Cependant, d'après cette première exploration il n'y a rien à trouver ici, or nous sommes certains du contraire puisque c'est précisément pour cette raison que nous sommes venus chercher !... C'est là où tu interviens Tommy : tu es ici avec nous parce que tes compétences en matière d'ethnologie sont immenses. Marc est ingénieur et sait se battre, moi je suis spécialiste de l'architecture templière et cistercienne, mais ni l'un ni l'autre nous n'avons comme toi ce sixième sens, cette authentique manière de penser moyenâgeuse. Tu es doué paraît-il pour comprendre comment fonctionnait l'esprit de ces gens... C'est le moment de nous prouver tes talents : si tu devais cacher ici quelque chose, où le ferais-tu ?

TOMMY :

— Une bonne cachette est une chose qu'un pillard ne doit même pas pouvoir imaginer. On ne peut donc en soupçonner l'existence à priori et elle ne se révèle qu'à l'initié. Le coffre-fort derrière un tableau ou la cache

37

aménagée dans un pan de mur sont des recettes éculées depuis la nuit des temps, tout juste bonnes pour des notaires ou des assureurs sans imagination. Quant aux pièges qui guettent les Indiana Jones, ils relèvent pour la plupart de l'imaginaire délirant des gens de cinéma. En réalité, au Moyen-âge, et surtout en Orient, les gens étaient bien plus imaginatifs. Si j'avais été l'un d'eux, j'aurais plutôt utilisé la méthode ancestrale des illusionnistes : agiter la main droite dans la lumière pour attirer l'attention sur elle pendant que la gauche travaille dans l'ombre. Et qu'est-ce qui attire l'attention ici ?

BOB :

— L'épée sur l'autel. Hum... J'aurais dû y penser. Moi aussi cette épée m'intrigue. Examinons-la de plus près.

TOMMY :

— Hum, désolé Bob ! Tu tombes droit dans le panneau ! L'épée est ce qui attire le plus l'attention, ce n'est donc pas la bonne piste. Cherches plutôt de ce qui l'attire le moins... Mais il y avait aussi d'autres méthodes : par exemple le rébus, jeu très apprécié à une époque où beaucoup ne savaient pas lire ...

MARC :

— Oui... ça laisse la porte ouverte à pas mal de choses ! On n'y arrivera jamais !

TOMMY :

— Pas sûr... Depuis que nous avons pénétré ici, je ne peux me défaire d'une impression bizarre...

BOB :

— Laquelle ?

TOMMY :

— Eh bien, si on tient compte de tous les éléments réunis ici, nous nous trouvons au centre d'un jeu de tarot ! Nous avons là «la Lune», plus loin le « Pape » symbolisé par la tiare, la « Mort » au fond des cachots, la tour écroulée ou « Maison-Dieu » au-dessus de nous, et là l'épée, « Glaive de Justice »... Cinq arcanes majeurs ! Sans oublier dans la cuisine ces objets abandonnés qui ne le sont probablement pas par hasard... Ce chapeau vert typique, ces gobelets, couteau, muscades, sont les attributs du « Bateleur ». Ce qui fait six arcanes, rien que dans ces caves... On peut supposer qu'il y en avait d'autres dans le reste de la forteresse...

BOB :

— Eh ! Eh ! Pas mal Tommy ! Je n'aurais jamais remarqué ça tout seul !

TOMMY :

— Merci, mais ça ne nous mène pas loin pour l'instant...

BOB :

— Tout de même... Je trouve ça très intéressant. Ça laisse entendre qu'à travers cette sorte de jeu de piste, la forteresse tout entière était un instrument d'initiation... De quand date l'origine des tarots ?

TOMMY :

— Aucune idée précise. Chez nous, les Tarots de Marseille apparaîssent au Moyen-âge. Certains disent de « Marceilles », avec un « C » car il aurait un rapport avec la basilique « ND de Marceilles », proche de Rennes-le-Château, dans l'Ariège où précisément se trouve aussi la chapelle où nous avons trouvé le parchemin... D'autres disent « de Marseille » avec un « S » parce qu'ils seraient arrivés chez nous par ce port méditerranéen, mais leur origine est bien plus lointaine. Peut-être imaginés en Inde, les Tarots seraient parvenus en Occident par la Mésopotamie et l'Egypte...

BOB :

— Messieurs, nous sommes au cœur de l'histoire initiatique. L'Irak actuel n'est autre que l'ancienne Mésopotamie, sur la route de la soie, à mi-chemin de la Palestine et de l'empire d'Extrême-Orient !... Ce pourrait bien être nos frères Templiers d'autrefois qui aient rapporté les tarots en Occident.

MARC :

— C'est en effet une hypothèse assez répandue. Mais ça ne nous donne pas pour autant la clé du mystère. Il y a ici « quelque chose », un objet matériel que nous devons trouver, et nous ne savons toujours ni où, ni précisément quoi, mais je doute qu'il s'agisse d'un jeu de tarot !

BOB :

— Où ? C'est forcément ici, dans ces caves, puisque le parchemin donnait avec précision la situation de la poterne. Mais nous en avons fait le tour... Hormis peut-être cette épée très ordinaire, je ne vois aucun objet digne d'intérêt ni aucune cachette possible en ces lieux.

TOMMY :

— Mais nous n'avons pas tout exploré, Commandeur !

BOB :

— Mais que vois-tu de plus, Tommy ?

TOMMY :
— Le puits !... Voyez cette gravure à peine visible au plafond. Nous avons là « le Pendu », et la corde pour le faire si j'ose dire... Ce qui nous fait un septième arcane, vivant celui-là puisqu'il va falloir que l'un de nous s'y suspende...

MARC :
— Magnifique !... Puissamment raisonné Tommy ! Bravo !

## 14

**Extérieur jour** : la colonne américaine.

LENNOX :
— Miller !

MILLER :
— Mon Lieutenant ?...

LENNOX :
— Je veux qu'on fouille cet endroit. Si des gens sont là-dessous comme nous le croyons vous et moi, ils sont bien entrés par un trou quelque part... Trouvez moi cette cache !

MILLER :
— Mon Lieutenant, je vous fais respectueusement

remarquer que le tumulus fait bien ses deux hectares ! Vous vous rendez compte de la surface à fouiller ?... Nous ne disposons que d'une section de 30 hommes et ce sont des soldats, pas des archéologues !...

LENNOX :

— Je sais Miller, je sais... Vous m'avez dit avoir détecté des cavités ce matin. Faites-en l'inventaire et commencez par là. Utilisez l'explosif si besoin est.

MILLER :

— À vos ordres mon Lieutenant !

**15**

**Intérieur jour :** Paris, dans le Marais, le QG templier.

LE COMMANDEUR :

— Lorenzo ! Dites-moi : Est-ce que nous avons des vues aériennes de la zone ?

LORENZO :

— Oui Commandeur. Elles doivent être dans le dossier... Tenez !

LE COMMANDEUR :

— Voyons... Vous savez interpréter une photo aérienne

comme ça ?... Le manuscrit disait vrai puisqu'ils sont entrés dans la forteresse. Ça signifie donc qu'ils ont bien trouvé la porte d'entrée sous ce tas de cailloux. À votre avis, où se trouve-t-elle là-dessus ?

LORENZO :
— Selon le manuscrit, sur le côté Nord, Commandeur. Avec cette lumière rasante, on voit nettement les reliefs. Ce doit être cette ombre portée, là.

LE COMMANDEUR :
— Ok. Qu'est-ce que c'est que ces taches plus claires parsemées tout autour ? Et là, ces espèces de damiers ?...

LORENZO :
— Ce sont sans doute d'anciennes implantations de bâtiments, granges et maisons. Autour d'une forteresse du Moyen-âge, il était fréquent de voir se développer quantités de petits commerces, artisans, auberges, sans compter les bâtiments agricoles. Si on en juge par la surface du château central, ce lieu était occupé en permanence par plusieurs centaines de personnes. Il y en avait donc au moins autant à l'extérieur pour assurer l'intendance. D'ailleurs, sur cette autre vue élargie on devine encore la limite des champs de l'époque. Voyez, la densité de cailloux est beaucoup moins grande à l'intérieur de ces zones que sur leurs pourtours...

LE COMMANDEUR :
— Et alors ?

LORENZO :
— Eh bien, ça signifie simplement que les paysans avaient ôté ces pierres de leurs champs en les entassant en murets

autour... Le temps en a fait remonter quelques-unes mais pas au point de confondre avec le reste du paysage.

LE COMMANDEUR :

— Evidemment... Il faut être un paysan comme vous pour remarquer ça sur une photo ! Ça m'aurait complètement échappé... Et qu'est-ce que c'est que cette longue ligne plus claire ?

LORENZO :

— Quelle ligne ?

LE COMMANDEUR :

— Celle-ci, là, qui semble passer sous la forteresse et va d'Est en Ouest jusqu'aux extrémités de la photo ?... à quelle échelle, d'ailleurs, ces photos ?

LORENZO :

— Je ne sais pas... au 1/500ème probablement.... C'est peut être un chemin empierré recouvert de sable ? Une adduction d'eau ou un égout ? Que sais-je ?... Peut-être un souterrain ?... Difficile à dire comme ça. En tous cas, si l'on en juge par son aspect rectiligne, c'est une structure faite de main d'homme.

LE COMMANDEUR :

— Hum... Ça doit bien faire ses deux kilomètres, non ? Ça continue jusqu'où ?... Nous n'avons pas un plan plus large ?

LORENZO :

— Non Commandeur. Nous n'avions pas jugé utile d'en prendre sur la totalité du désert environnant...

LE COMMANDEUR :

— Dommage... Est-ce qu'on peut avoir accès aux images satellite ?

LORENZO :

— Seulement demain matin Commandeur. Avec les manoeuvres de l'OTAN dans le Golfe, la liste d'attente est longue en ce moment.

LE COMMANDEUR :

— Commandez une vue étendue en infrarouge et avec le relief de la zone. Je veux comprendre de quoi il s'agit et jusqu'où ça va.

LORENZO :

— Entendu Commandeur. On l'aura demain matin.

LE COMMANDEUR :

— Merci Lorenzo. Bonsoir... Ah ! Manuel n'est pas là ?

LORENZO :

— Non Commandeur, il est parti rechercher sa fille qui vient d'être opérée. Il sera là dans l'après-midi.

LE COMMANDEUR :

— Sa fille a des problèmes de santé ? Pourquoi n'en a-t-il pas parlé ? Nous avons encore suffisamment de frères à Malte.

LORENZO :

— Ça n'était pas bien grave. Une petite infection je crois.

LE COMMANDEUR :
— Bon ! Tant mieux ! Si vous le voyez, dites lui de passer me voir avec la copie du manuscrit et sa traduction. Il y encore quelque chose qui me chiffonne...

LORENZO :
— Je lui dirai Commandeur.

## 16

**Intérieur nuit :** Dans le Krak.

BOB :
— Alors Tommy ? Tu te décides ou on tire au sort ?

TOMMY :
— Ça va, ça va ! Je vais y aller !... Marc, tu es sûr que la chaîne va tenir ? Elle a tout de même huit siècles !...

MARC :
— T'inquiètes ! J'ai vérifié, elle est comme neuve !

TOMMY :
— Bon ! Ben quand faut y aller, faut y aller !

La chaîne du puits est tirée jusqu'au sol et le seau remplacé par un de ses éléments métalliques. Une espèce de trapèze ainsi improvisé permet de s'y caler les pieds et descendre debout dans les profondeurs. Muni d'une puissante lampe, le jeune homme s'enfonce doucement dans les entrailles de la terre...

BOB à mi-voix :
— Ho ! Ça va Tommy ?

L'écho caverneux répercute la réponse au centuple :
TOMMY :
— Ça va va vaa vaaaaaa...

MARC :
— Merde ! Moins fort, Tommy ! On va se faire repérer !

## 17

**Extérieur jour :** La colonne américaine.

MILLER :
— Mon Lieutenant ! Mon Lieutenant !

LENNOX :
— Oui Miller ?

MILLER :

— Nous avons capté un écho. Bref, mais très net ! Il y a bien quelqu'un là-dessous !

LENNOX :

— Je n'en doutais pas ! Mais avez-vous cerné d'où il provenait ?

MILLER :

— Malheureusement pas de façon précise. Juste une zone approximative à une vingtaine de mètres à l'intérieur du côté Nord. Profondeur, une dizaine de mètres.

LENNOX :

— Eh bien ! Allez-y mon vieux ! Faites creuser à cet endroit !

MILLER :

— J'ai déjà donné les ordres, mon Lieutenant. Mais qu'est-ce qu'on fait si on tombe sur un nid de terroristes ?

LENNOX :

— Ne vous inquiétez pas Miller ! Je crois plutôt qu'on a affaire à des pillards, une bande de trafiquants de trésors archéologiques. Ça n'est pas ce qui manque dans ce pays.

MILLER :

— Vous en êtes sûr ou vous dites ça pour me rassurer ?

LENNOX :

— Vous verrez bien ! Allez mon vieux ! Au boulot !

## 18

**Intérieur nuit :** Dans le Krak, des coups sourds retentissent à rythme régulier...

MARC :
— Tu entends Bob ?...

BOB :
— Oui ! Ils fouillent dur ! Cette fois on est repérés !

MARC :
— Pour combien de temps en ont-ils avant de nous tomber dessus ?

BOB :
— Hum... les sauvages !... N'ayant pas trouvé l'entrée, ils cherchent à percer le rocher depuis la surface. Ils ont bien huit à dix mètres à creuser et déblayer... Trois heures s'il font vite. Plus peut-être. À moins qu'ils n'utilisent l'explosif ?

MARC :
— Ils ne feraient pas ça ?

BOB :
— Ils vont se gêner ! Crois-tu qu'ils respectent les sites archéologiques ?... Ce sont des militaires ! Si ça ne va pas assez vite, tu vas voir...

MARC :

— Mais ils vont nous faire tomber la forteresse sur la tête !

BOB :

— Et alors ? Tu crois que ça va les chagriner ?

MARC :

— Qu'est-ce qu'on fait, alors ? On se rend ? On ne sait même pas à qui !

BOB :

— Pas question ! De toute manière, même si ce ne sont que les américains, nous n'avons aucun permis de recherche et on est bons pour la tôle en attendant les secours de Paris...

MARC :

— Tu as raison. Mais quoi faire d'autre ? On est pris comme dans une nasse !

BOB :

— Peut-être pas... Bon, en tout cas on n'en a plus rien à cirer de se faire entendre maintenant. Tant pis !...
Tommy ! Ho ! Tommy ! Tu m'entends ?... Putain, il est à combien maintenant ? Au moins vingt-cinq mètres... On est presque au bout de la chaîne...

TOMMY :

— Oui i i ii !... entends en en ennn !... lerie i i iii !

BOB :

— Merde ! Qu'est-ce qu'il dit ? Pas moyen de discuter comme ça. Allez ! On descend !

MARC :
— Tous les deux ?

BOB :
— Avons-nous un autre choix ? De toutes manières, on va se faire prendre si on reste ici.

MARC :
— Ok ! Vas y le premier. Je ne suis pas sûr que la chaîne résisterait au poids de deux personnes.

BOB :
— Attends ! Je prends les indices avec moi. Pas la peine de laisser tout ça aux autres !

Bob fait rapidement le tour des lieux. Il disperse les restes du squelette, range les gobelets et le couteau dans son sac à dos, coiffe le chapeau et passe l'épée dans sa ceinture.

BOB :
— Ok ! Allons-y !

MARC :
— À tout à l'heure !

Quelques minutes passent. Les coups sourds s'arrêtent. « Inquiétant ! » pense Marc à haute voix pour lui-même.

MARC :

— Hohoo ! Bob ! Tu y es ?...

BOB :

— ... suis i i iii...

« i i iii... » répond l'écho.

Soudain, une violente explosion retentit, la voûte tremble et un nuage de poussière envahit les lieux en même temps qu'un rai de lumière extérieure. La secousse a descellé du mur le tambour de la chaîne. Impossible désormais de remonter ses amis ni de descendre à son tour. Marc pense rapidement :

MARC :

— Trop tard ! Je suis cuit, je ne peux plus descendre ! Autant semer la confusion autant que je pourrai...

Il rassemble ses affaires dans son propre sac à dos, y range son portable et ses papiers, et balance le tout dans le puits. Puis il arrache le tambour descellé et l'envoie rejoindre le reste. Il est seul, tranquillement assis sur l'autel, lorsque se présente un uniforme américain.

UN SOLDAT AMERICAIN:

— Hands up !... On your head ! Don't move !(les mains en l'air. Sur la tête. Ne bougez plus!)

MARC:

— OK, OK ! Be cool man ! I wanna talk to your officer ! (OK OK, reste calme mec, je veux parler à votre officier)

## 19

**Extérieur jour :** La colonne américaine, la tente du lieutenant Lennox.

LENNOX :
— Asseyez-vous ! Je suis le Lieutenant Lennox, de l'US Army. Qui êtes-vous ? Et que faisiez-vous ici ?

MARC :
— Mon nom est Marc Lange. Je suis français, je suis là en touriste et je vous remercie de m'avoir sorti de ce pétrin ! Je me voyais mal parti là-dedans.

LENNOX :
— Tiens donc ! Vous êtes touriste, hein ?... Et vous vous promenez tout seul, sans même un guide, en plein désert ?...

MARC :
— Vous savez ce que c'est, les guides... c'est bavard !... et je suis plutôt du genre ermite. J'aime le silence de ces grands espaces.

LENNOX :
— Vous étiez plutôt à l'étroit dans le petit espace où l'on vous a trouvé ! Qu'y cherchiez-vous ? Et comment y êtes vous entré ?... Nous avons fait sauter de la terre et des rochers sur 10 mètres d'épaisseur pour vous retrouver ! Ne me dites pas que vous êtes tombé là-dedans par hasard !

MARC :

— Ah non ! Pas par hasard, bien sûr ! Il faut vous dire que je suis géologue de métier et accessoirement collectionneur d'antiquités. J'aime me promener à pied dans le désert. Lors d'une de mes prospections, j'ai constaté que cet endroit recelait de trop nombreux morceaux de poteries pour n'être qu'un simple monticule naturel. Je suis donc revenu ici pour fouiller un peu quand je suis tombé dans le trou d'une ancienne cheminée. Dans ma chute, j'ai entraîné des pierres et la cheminée s'est comblée derrière moi. Je croyais bien ma dernière heure arrivée quand j'ai entendu votre colonne. J'ai aussitôt appelé, appelé, mais bien sûr vous n'entendiez rien, jusqu'à ce que j'aie l'idée de me servir de l'écho de la cave pour amplifier mes cris. Apparemment, ça a marché. Je vous remercie d'avoir insisté un peu, et je ferai mes compliments à votre colonel, vous pouvez y compter ! Maintenant, si vous aviez un peu d'eau... Il y a une éternité que je n'ai rien bu et la poussière soulevée par votre explosion m'a donné soif !...

Lennox tend une gourde à Marc.

LENNOX :

— Monsieur Lange... Vous m'êtes très sympathique... Mais vous êtes un fieffé menteur ! Ne vous fatiguez pas, nous saurons très exactement qui vous êtes et ce que vous venez faire ici !... Et d'abord, où sont passés vos amis ?

MARC :

— Mes amis ? Mais quels amis ? Je suis seul, je viens de vous le dire...

LENNOX :

— Allons, allons, Monsieur Lange !... Ne me prenez pas

pour un imbécile !... Nous avons trouvé trois chameaux qui portaient des traces d'entraves récentes... Où sont vos amis et où se trouve votre matériel ? Avez-vous trouvé ce que vous cherchiez ?... Je vous en prie, ne me faites pas perdre mon temps.

MARC :
— Mais je vous assure, Lieutenant !...

LENNOX :
— Très bien Monsieur Lange ! Puisque vous voulez jouer à ce jeu... N'oubliez pas qu'en Irak, nous sommes toujours en état de guerre !... Je pourrais vous faire fusiller pour espionnage ou terrorisme...
Miller !...

MARC :
— Êtes-vous bien sûr de ne pas faire d'erreur, Lieutenant ? Le gouvernement français pourrait prendre fort mal une initiative irréfléchie de votre part... À moins que vous n'agissiez dans d'autres buts que ceux de l'armée américaine ?

LENNOX :
— Monsieur Lange ! Vous avez trop d'imagination ! Ça vous perdra !

Le sergent entre :

— Miller ! Voici Monsieur Lange, citoyen français paraît-il, qui faisait ici-même des fouilles parfaitement irrégulières. Veuillez le mettre aux arrêts !

MILLER :

— Sauf votre respect mon Lieutenant, croyez-vous que ce soit une bonne idée ? Un français...

LENNOX :

— C'est un ordre, Miller ! Exécution ! Mais avant, mettez-le à poil ! Faites-lui une fouille à corps, je veux examiner tout ce qu'il a sur lui. Et reprenez l'exploration des lieux. Avec trois chameaux, je suis sûr qu'ils étaient plusieurs, on doit retrouver les autres...

MILLER :

— À vos ordres !

## 20

**Intérieur nuit :** Au fond du puits.

BOB :

— Merde ! Marc s'est fait prendre !... Nous sommes coincés ici, Tommy, nous n'avons plus de chaîne pour remonter.

TOMMY :

— Au moins, on a de l'eau. Et il fait moins chaud que là-haut.

BOB :

— J'apprécie ton positivisme, crois-moi, mais je n'ai pas envie de finir mes jours ici...

TOMMY :
— C'est justement ce que je voulais dire tout à l'heure, mais vous ne m'entendiez pas. Regarde ! Nous sommes dans une galerie, une galerie importante... Et pas du tout naturelle ! Cet endroit est une continuité de notre rébus...

BOB :
— Que veux-tu dire ?

TOMMY :
— Rien d'autre que ceci : la grotte artificielle dans laquelle nous sommes fait partie intégrante du jeu de tarot d'en haut ! Ce puits n'est qu'un passage vers l'étape suivante. Regarde !...

Tommy braque sa lampe torche vers la paroi. Tout au fond du puits, accrochées au rocher comme dans les couloirs d'en haut, des torches attendent qu'on les allume !

BOB :
— OK !... D'accord, il y a des torches. Mais qu'est-ce que ça prouve ? Que des gens sont descendus ici, rien de plus ! Et rien de plus naturel que de descendre régulièrement pour vérifier l'entretien d'un puits dans une zone aride... Ceci dit, aride en surface seulement, car c'est une véritable rivière souterraine que cet écoulement...

TOMMY :
— Un beau débit en effet. Mais non, ils n'ont pas fait que descendre ! Certains ont « vécu » ici un certain temps. Sans doute plusieurs jours et plusieurs nuits comme le prouvent

ces vestiges...

Tommy braque sa lampe dans une autre direction. Un véritable lieu de vie est aménagé là, avec des lits de planches et de paille, pourris depuis des siècles, une grosse pierre en guise d'autel ou de table, et les restes d'un foyer.

BOB :
— Bon, d'accord, ils y ont vécu. Et alors ? Ils sont bien remontés à un moment ou un autre. Mais nous, nous ne pouvons pas remonter !...

TOMMY :
— Encore une erreur, Commandeur ! Ils ne sont PAS remontés !

BOB :
— Pas remontés ?...

TOMMY :
— Non ! Ce qui ne les a pas empêchés de sortir ! Car le plus extraordinaire est que la sortie est signalée !...

BOB :
— QUOI ?!!!

TOMMY :
— Vois par toi-même !

Relevant l'éclairage, Tommy fait les honneurs de la visite. Une espèce de salle creusée dans la roche dégage un espace d'une dizaine de mètres carrés au milieu duquel coule la petite rivière souterraine. À chaque bout, en amont et en aval, le conduit montre un orifice net, découpé dans la roche.

TOMMY :

— Voilà une rivière souterraine qui n'est pas naturelle, Commandeur, ceci est un aqueduc ! Un conduit haut de deux mètres, un fond bien plat sur plus d'un mètre de large, mais pas plus de vingt-cinq centimètres d'eau uniformément, avec une pente régulière d'un demi centimètre par mètre. C'est un travail d'ingénieur civil remarquable, tu en conviendras... Ça ne devrait pas t'étonner, il y avait des passages secrets dans tous les châteaux autrefois... Mais ce n'est pas tout, regarde !

Et Tommy braqua sa lampe sur l'orifice amont du conduit.

TOMMY :

— Encore un emblème sculpté. Cette fois c'est la lame de la « Grande Prêtresse », ou la Vierge, symbole de l'énergie universelle avec sa robe d'eau... À la fois eau de baptême et source de vie, l'eau serpentant dans la terre est aussi porteuse de l'énergie tellurique que nos anciens appelaient la Vouivre. La croix sur sa poitrine nous indique probablement que c'est par là la sortie. Il nous faut suivre le chemin de l'eau.

BOB :

— Ouais, hum... De toute façon, nous n'avons guère le choix... J'espère que ton chemin d'eau ne nous conduira pas au Paradis, je ne suis pas pressé d'y parvenir ! Dans quelle direction allons-nous par là ?

TOMMY :

— Plein Est, je crois.

BOB :

— Allons, confions-nous donc à la Vierge ! Après tout, Damedieu est notre sainte-patronne depuis la fondation de l'ordre !... En avant !

## 21

**Intérieur nuit :** Boston, bureau de *Soleil Noir*.

Le décryptage du mail arrivant à l'Organisation fit entrer Son Éminence dans une fureur folle :

« *Deux oiseaux se sont envolés. Avons piégé le troisième mais il n'a pas de bague et ne siffle pas. Qu'en faisons-nous ?* »

SON ÉMINENCE :
— L'imbécile ! Qu'il le fasse parler ou qu'il l'élimine !

GAUTHIER :
— Hum... Vous savez comme ils sont, Éminence, il ne parlera pas ! Ne pensez-vous pas qu'on pourrait la jouer plus fine ?

SON ÉMINENCE :
— Comment ?

GAUTHIER :

— Eh bien, nous supposons qu'ils étaient bien trois, n'est-ce pas ? Nous ne savons pas s'ils ont trouvé quelque chose mais les deux autres ne se sont pas évaporés par dissipation dans l'atmosphère. Ils se sont donc échappés par un moyen quelconque pendant que le troisième donnait le change à Lennox...

SON ÉMINENCE :

— Jusque là je vous suis...

GAUTHIER :

— Avant de se séparer, ils sont certainement convenus d'un point de rendez-vous. Au lieu de l'éliminer, laissons ce Lange s'échapper et suivons-le.

SON ÉMINENCE :

— Vous avez raison Gauthier. Votre plan n'a pas grande chance de réussir mais supprimer ce Templier serait inutile et nous accorderait encore moins de chance de récupérer les autres et leur trouvaille. Ça vaut le coup d'essayer. Renvoyez à Lennox un message en ce sens.

## 22

**Extérieur jour :** La colonne américaine

LENNOX :
— Miller !

MILLER :

— Mon Lieutenant...

LENNOX :

— Profitez de ce qu'il est à poil pour coudre un émetteur dans sa doublure. Puis, faites en sorte qu'il s'échappe sans se douter que nous le laissons faire.... Vous avez compris Miller ?

MILLER :

— Oui, qu'il s'échappe sans se douter de rien... Je vais arranger la chose. Doit-on lui tirer dessus pour faire plus vrai ?

LENNOX :

— Oui, mais sans le blesser, ou pas trop gravement. Il faut qu'il nous conduise à son prochain rendez-vous.

MILLER :

— Je peux vous poser une question mon Lieutenant ?... Qu'est-ce qui vous fait croire que ce français serait un espion ? Nous n'avons rien trouvé, ni sur lui ni dans les caves, qui laisse penser cela. Et les français sont généralement nos amis, même s'ils n'approuvent pas toujours notre politique...

LENNOX :

— Certes, nous n'avons rien contre lui mais comment être sûr qu'il est ce qu'il dit être ? Est-il seulement français ?... Et puis, vous me lassez, sergent Miller ! Faites ce que je dis sans discuter. Ne cherchez pas toujours à comprendre, il y a des choses qui vous dépassent...

MILLER :
— À vos ordres mon Lieutenant !

Le sergent sort et rejoint une autre tente. Un garde se tient devant. À l'intérieur, Marc est attaché, les fers aux pieds et aux mains, nu. Une petite croix pattée orne le bas de ses reins.

MILLER :
— Drôle d'endroit pour un tel tatouage !

MARC :
— Ma petite amie adore, parce qu'il n'y a qu'elle qui peut le voir ! Je veux dire, habituellement.

MILLER : Miller sourit, lui jette ses vêtements et le détache.
— Ça va ! Rhabille-toi !

MARC :
— Merci sergent. Est-ce que je pourrais aussi avoir à boire et à manger ? Voilà deux jours que j'étais enterré là-dessous sans provisions.

MILLER :
— Je vais voir… Garde ! Tiens-le à l'œil !…

Le sergent sort. Marc en profite pour examiner les lieux et jeter un coup d'œil aux environs à travers l'ouverture. Le sergent revient quelques minutes plus tard avec un sandwich et une bière.

MILLER :

— La bière n'est pas très fraîche... Désolé ! C'est tout ce que je peux t'offrir pour l'instant.

MARC :

— Je m'en contenterai ! Merci.

MILLER :

— Si tu voulais coopérer...

MARC :

— Je pourrais bénéficier d'un meilleur traitement, peut-être ?... Mais que faudrait-il que j'invente ? Que je suis un poseur de bombes ? Désolé pour votre avancement, sergent, ce n'est pas le cas. Je ne suis qu'un paisible touriste amateur d'antiquités. Je ne suis pas un ennemi de l'Amérique, vous n'avez rien contre moi, et j'exige que vous me libériez sur le champ !

MILLER :

— Ouh ! Alors là, mon vieux, tu rêves ! Tu vas aller direct en cale sèche, et pour un moment ! On doit d'abord vérifier tout ce que tu nous as dit, comment tu t'appelles, d'où tu viens, ce que tu fabriquais dans le coin, etc. Ça peut durer des jours, voire de semaines... Nous, on n'est pas pressés, tu sais ! De toute manière on finira par tout savoir de toi !...

Le sergent, tout à son discours, feint d'oublier une règle élémentaire : ne jamais s'approcher trop d'un prisonnier libre de ses mouvements.

Marc en profite et lui saisit un poignet au vol. D'un geste rapide, il lui retourne le bras dans le dos et met le sergent à terre en lui appliquant l'autre main sur la bouche. D'un même mouvement, il lui enfonce son genou dans le dos et lui appose son pouce sur l'artère du cou... Le sergent s'évanouit sans bruit. Marc extirpe de son étui un Colt 2000 qu'il glisse dans sa ceinture. Ouvrant la tente avec précaution, il assomme le garde en silence, le tire à l'intérieur et le bâillonne. S'emparant du M16, il glisse prestement dans son multi-poches le couteau de survie et les chargeurs.

Après quelques secondes d'inconscience, le sergent se réveille. Marc lui chuchote à l'oreille :

MARC :

— Je ne peux pas attendre tout ce temps, sergent ! Désolé, mais on s'en va tout de suite et tu viens avec moi ! Pas un mot, ou tu es mort !

MILLER :

— Tu fais une grosse erreur, français ! Si tu es bien français...

MARC :

— T'inquiètes ! Je sais ce que je fais, sergent Miller ! C'est toi qui ne sais pas...

Traversant sans se faire remarquer le court espace qui les sépare des trois Hummer stationnés près de là, Marc crève deux pneus à chacun des deux premiers, grimpe dans le troisième et met le contact. Le moteur vrombit.

MARC :

— Magne toi de grimper, Miller ! C'est toi qui conduis... Vite, ou je t'étends là !

Le Hummer bondit en avant. Le bruit attire les soldats qui commencent à tirer dans leur direction et se ruent vers les autres véhicules. Mais bientôt, ils sont hors de portée...

MARC :

— Très bien Miller ! Au moins, tu pourras dire que tu as fait la guerre et qu'on t'a tiré dessus !

MILLER :

— Où crois-tu que ça va te mener, Français ? Dans une seconde, tous les hélicos d'Irak seront à nos trousses !

MARC :

— Ouais... On verra ça... on verra ça... Avance ! On va à Bagdad. Je te relâcherai là-bas si tu es gentil...

## 23

**Intérieur nuit :** Le lit de la rivière souterraine.

TOMMY :
— Commandeur ?

BOB :
— Bob, Tommy !... Bob ! Je te l'ai déjà dit cent fois !

TOMMY :
— Oui Bob, d'accord ! Je voulais te dire... J'ai peur que les piles ne flanchent. Voilà presque deux heures que nous sommes descendus sous terre, et près de deux kilomètres

que nous marchons dans le lit de cette rivière... La lampe donne des signes de fatigue. J'espère qu'il n'y en a plus pour longtemps, sinon nous allons finir dans le noir...

BOB :
— Marche ! Marche ! Je suis de plus en plus confiant quant à la suite des événements. Cette rivière souterraine est bien trop régulière pour être naturelle. C'est un véritable canal avec sa section taillée au carré d'un bout à l'autre, aucune contrepente ni augmentation du niveau. Ces gens ont fait un boulot de Romain remarquable, et quand bien même nous aurions à marcher dans le noir, nous sommes sur un véritable rail !... Il suffit de se guider de la main sur la paroi, comme un aveugle avec sa canne... D'ailleurs, on devrait économiser ce qui reste de piles en s'habituant tout de suite à marcher à l'aveugle... Tiens, mets ta main sur mon épaule et éteint la lampe...

TOMMY :
— Bon sang !... ça fait un drôle d'effet... Je n'ai jamais vu un noir aussi intense ! J'ai l'impression d'être mort !

BOB :
— Eh ! Eh !... Mais tu ES mort, Tommy !... Ceci est le Styx et je suis Charon, le passeur d'âmes... Surtout, tiens-moi bien !

TOMMY :
— Déconne pas, Bob ! Ça me fout la trouille !

BOB :
— La trouille ?... Sans déc ? Tu n'as jamais subi la « petite mort » ?

TOMMY :

— La petite mort ? Pas plus que la grande, Dieu merci !

BOB :

— Allons ! Ne me dis pas que tu n'as jamais été initié, mon garçon !

TOMMY :

— Initié à quoi ? J'ai fait des études bien sûr, j'ai appris beaucoup de choses...

BOB :

— Non, non, non !... Je te parle moi « d'INITIATION », comme le rite de passage des anciens... Comment es-tu donc arrivé chez nous ? Comment as-tu été recruté ?

TOMMY :

— Euh... J'étais encore à l'école... J'ai fait Sciences-Po, puis une maîtrise d'histoire. C'est là que des gens m'ont demandé si je voulais travailler avec l'Ordre. J'ai d'abord été étonné, parce que je le croyais éteint depuis Philippe le Bel, mais on m'a expliqué qu'il avait en réalité survécu en secret depuis tout ce temps et qu'il était devenu un genre de multinationale de la recherche archéologique. Je n'ai pas cherché à en savoir plus. L'offre m'intéressait, le domaine d'activité aussi. Je suis là !

BOB :
— Rien de plus ?

TOMMY :
— Rien de plus.

BOB :
— Je vois, je vois !... Il y a de la relâche dans le recrutement ! De mon temps, il fallait être passé sous le bandeau.

TOMMY :
— Sous le bandeau ? Tu veux dire, comme les Francs-maçons ?

BOB :
— Evidemment ! Comment crois-tu que je sois devenu templier ? Mes ancêtres l'étaient, bien sûr, mais ça ne suffit pas. Depuis des siècles l'adoubement requiert une initiation. Longtemps, ce sont les hauts grades de la franc-maçonnerie qui l'ont perpétuée, puis, devant la dégradation des moeurs de certaines loges au siècle dernier, l'Ordre a repris son autonomie, mais nous recrutons encore beaucoup parmi nos frères maçons et leurs filiales naturelles. Le scoutisme par exemple. Baden Powell était beaucoup plus qu'un simple Franc-maçon !... Mais je ne savais pas qu'on faisait aussi la sortie des écoles !... Le monde n'est plus ce qu'il était, mon pauvre monsieur !

TOMMY :
— Mille pardons, Commandeur ! J'ai juste été boy-scout dans ma jeunesse. Rien de plus. J'espère que je ne te déçois pas trop tout de même !

BOB :
— Pas du tout Tommy, rassure-toi ! Je trouve simplement dommage que tu n'aies jamais expérimenté cette « petite mort ». J'ai bien envie de profiter de l'endroit pour t'en faire vivre l'expérience, c'est le lieu idéal, on ne retrouvera jamais pareille occasion !

TOMMY :

— Vraiment ? Heu... Et ça consiste en quoi ?

BOB :

— À mourir, mon vieux, à mourir !... Symboliquement s'entend !

TOMMY :

— Symboliquement ?... Oui... Merci de le préciser !

BOB :

— Allez ! L'occasion est trop belle ! Allonge-toi par terre !

TOMMY :

— Là ? Comme ça dans l'eau ?

BOB :

— Dans l'eau bien entendu !... De toute manière tu es déjà trempé et tu n'auras pas plus froid. Cette eau est au moins à 16°. Allonge-toi, te dis-je ! Et souviens-toi que les premiers baptêmes chrétiens avaient lieu dans un endroit comme celui-ci, où l'on vous trempait entièrement. L'ersatz de baptême que l'on pratique aujourd'hui par trois gouttes d'eau bénite sur le front n'a plus grand-chose à voir avec l'original.

TOMMY :

— Bon ! Voilà, c'est fait, je suis dans le bain ! Qu'est-ce que je fais maintenant ?

BOB :

— Rien !... Tu attends et tu médites. Au milieu de cette eau courante, tu ne risques pas de t'endormir. N'aie surtout pas peur. La seule chose que tu dois craindre est ta propre peur. Laisse tes pensées errer au gré de leur courant. Écoute ma voix, je vais te guider au début, puis je me tairai et te laisserai seul méditer dans le noir pendant un certain temps. Je te dirai quand ce sera fini. Fais-moi confiance, je ne vais pas me tirer sans toi... Tu y es ?

TOMMY :
— Je suis prêt.


## 24


**Extérieur jour :** Le Hummer sur la route de Bagdad.


MARC :
— Miller ! Bon dieu, moins vite s'il te plaît ! Ne va pas nous faire verser dans un de ces trous de bombes !... Bon sang ! Vous n'avez pas mégoté sur les quantités, hein !

MILLER :
— Ça ! Je dois dire que le spectacle était grandiose ! Quel feu d'artifice !

MARC :
— Quelle pitié ! Est-ce que tu n'as pas honte d'avoir participé à un tel carnage, Miller ? Tu te rends compte des

ravages que vous avez faits dans ce pays ?... Et je ne parle pas seulement des victimes civiles ou militaires, mais de la Culture, une culture de près de huit mille ans que vous avez laminée !...

MILLER :

— Oh ! Ça va, hein ! Tu ne vas pas me faire la morale ! D'abord, je ne suis qu'un soldat, je fais ce qu'on me dit, là où on me dit de le faire !

MARC :

— Comme un chien bien dressé ?... Je n'ai pas l'intention de te faire la morale, Miller. Tu fais ton devoir et c'est tout à ton honneur de militaire... mais comme humain, ça ne te pose pas un problème ? Est-ce que tu y as déjà réfléchi ?

MILLER :

— Non ! Et il vaut mieux pas !

MARC :

— Tiens donc ! Et pourquoi ? Tu as peur de te regarder en face ?

MILLER :

— Disons que je ne suis pas forcément fier de tout ce qu'on nous a fait faire... Mais on ne fait pas d'omelette sans casser des œufs et ça ne m'empêche pas de penser que tous les terroristes sont des salopards ! Et toi avec !

MARC :

— Du calme Miller !... Si j'étais un terroriste, tu serais déjà mort !

MILLER :

— Tu es qui, alors ?... Et pourquoi tu t'enfuis, si tu n'as rien à craindre des Américains ?...

MARC :

— Je n'ai rien à craindre de la plupart des Américains, en effet. Mais certains ne sont pas "que" des patriotes... On ne sait jamais vraiment à qui l'on a affaire, et je ne peux prendre aucun risque. Ça ne concerne pas que les américains d'ailleurs ! J'ai aussi des ennemis en Europe...

MILLER :

— Des ennemis ? Tu es donc un combattant ! Tu avoues !

MARC :

— C'est vrai, j'avoue, je suis un combattant... Un combattant de la Liberté !

MILLER :

— Ah !... Ben tu es dans notre camp, alors !

MARC :

— Ha ! Ha ! Le monde est simple avec toi, hein Miller ?... Tous les méchants d'un côté et les bons Américains de l'autre ?... Tu raisonnes comme un gosse, Miller !

MILLER :

— Si tu n'es pas avec nous, tu es contre nous !

MARC :

— Ça ne marche pas comme ça. Tout n'est pas noir ou blanc, Miller, et mon drapeau à moi comporte les deux à la fois parce qu'en ce monde tout est relatif[2].

Je suis un libéral c'est vrai mais, sans l'Amour, la Liberté c'est comme les bonbons : si un gosse s'empiffre sans partage, il attrape une indigestion ! Et si l'on n'y prend pas garde, ce libéralisme là pourrit tout de l'intérieur. L'Amérique n'échappe pas à cette fatalité !

MILLER :

— Comprends pas !

MARC :

— Je sais !... Sinon, tu ne serais pas là !

MILLER :

— L'Amérique est un grand pays !

MARC :

— Je ne dis pas le contraire... Tout ce qui est américain est grand ! Ça doit tenir à la taille du continent, sans doute ?... Vos montagnes, vos grands lacs, vos prairies, vos entreprises, vos tempêtes de neige ou vos cyclones, comme les inondations du Mississippi... Tout est grand chez vous en effet ! Même vos conneries ! Tout dans la démesure, y compris vos tapis de bombes soi-disant chirurgicales !

MILLER :

— Pourquoi tu me parles de ça ? Tu vois bien que tu défends ces salopards !

MARC :

— Mais de quels salopards parles-tu, Miller ? De ceux qui

---

2  *Le « Baussant », bannière des Templiers, était mi-partie de Sable et d'Argent, c'est-à-dire noir et blanc, ombre et lumière.*

vous font péter des camions à la gueule en exploitant le désespoir de quelques paumés kamikazes — ceux-là oui, ce sont des salopards — ou de ceux qui souffrent depuis cinquante ans de la spoliation de leurs richesses par des trusts internationaux qui alimentent ainsi ce désespoir ?... Tout despote et criminel qu'il fut, crois-tu que les Irakiens étaient vraiment plus malheureux sous Saddam ?... Je veux dire : avant la première guerre du Golfe, bien sûr, parce qu'après ils n'avaient plus rien à bouffer avec l'embargo que leur a imposé l'ONU influencée par les USA.

MILLER :

— Oui... Moi non plus je n'étais pas tellement d'accord avec ça, mais ce n'était pas une raison pour faire péter les Twins !

MARC :

— Mais arrête de tout mélanger, Miller ! Il n'y avait aucun terrorisme en Irak avant que vous ne l'y importiez vous-mêmes ! C'est la conséquence de votre occupation de l'Irak, pas sa cause ! D'ailleurs, tous les terrorismes du monde ne sont souvent que les conséquences de politiques débiles de domination des uns sur les autres. Le World Trad Center fut le symbole « éclatant », si j'ose dire, de cette domination de la haute finance, et il était logique qu'il en fut également la cible !... Je ne dis évidemment pas cela pour justifier l'action de Bin Laden, si tant est que cet ex-agent de la CIA fût bien l'auteur de ce carnage, mais pour expliquer comment naissent les révolutions. Car, n'en doute pas, cet acte monstrueux n'était que le signe précurseur d'une révolution mondiale en gestation, et toutes les révolutions sont sanglantes. En tant que Français, je sais de quoi je parle.

MILLER :

— Tu peux parler, Français ! Vos colonies en Afrique,

c'était pas beaucoup mieux !

MARC :

— C'est vrai, mais je n'approuve pas non plus la colonisation. Pas plus que la Révolution Française n'approuva l'esclavage ! Et pourtant, l'Amérique flamboyante s'est développée grâce à lui, ça n'est pas avec tes racines noires que tu me diras le contraire, sergent Miller... Je suis sûr que ton lieutenant n'a pas les mêmes racines que toi !

MILLER :

— Je ne le nie pas... Mais c'est utopique de croire à une société égalitaire ! Ça n'existe pas ! Le Communisme l'a démontré, c'est l'échec assuré ! Est-ce que tu serais un putain de communiste ?

MARC :

— Et allez donc !... Encore un jugement à l'emporte-pièce ! Non, rassure-toi Miller, je ne suis pas non plus un putain de communiste. Je suis, pourrait-on dire, un putain de solidariste.

MILLER :
— Un quoi ?

MARC :

— SO-LI-DA-RI-TÉ !... Tu ne connais pas le sens de ce mot ?... Nous sommes tous de la même planète, Miller ! À terme, piller les richesses des plus pauvres au seul profit des plus riches n'a aucun sens. Et pas davantage la lutte des classes si chère aux Marxistes ! Ça revient à dresser une moitié de l'humanité contre l'autre pour le plus grand profit des dirigeants de l'un et l'autre camp. Il faut arrêter les conneries !

MILLER :
— Mais je ne comprends pas pourquoi, ou plutôt pour QUI tu te bas, alors ?

MARC :
— Eh ! Mais je me bas pour toi, Miller ! Pour tes enfants ! Pour qu'ils héritent d'un monde plus juste et moins violent ! Tu as des gosses, Miller ?

MILLER :
— Deux, oui. Je devais les retrouver dans huit jours... C'était la quille pour moi...

MARC :
— Si tu restes tranquille, il n'y aura rien de changé à ton programme, tu les retrouveras bientôt... Mais on approche, plus que 20 kilomètres jusqu'à Bagdad... Tiens, arrête-toi là !

MILLER :
— Là ?

MARC :
— Oui, là au bord de la route... Dis moi : tu chausses du combien ?

MILLER :
— Voilà. Heu... du 43.

MARC :

— Parfait ! Maintenant, descend de là et déshabille-toi.

MILLER :

— Quoi ? Mais qu'est-ce que tu veux faire ?...

MARC :

— T'occupes ! Déshabille-toi c'est tout ! Dis donc ! Tu m'as bien fait le coup tout à l'heure, non ? Eh bien, chacun son tour ! Allez, à poil le Miller ! Ne m'oblige pas à t'assommer...

## 25

**Extérieur jour :** Loin derrière, sur la route de Bagdad, un autre Hummer roule à tombeau ouvert...

LENNOX :

— Fucking froggy ! Changer ces roues m'a fait perdre beaucoup trop de temps... Où sont-ils maintenant ?... Je ne pensais pas qu'il prendrait un otage !... Heureusement que Miller a pu poser l'émetteur dans ses fringues ! On pourra le localiser facilement... Si j'avais dû faire appel aux hélicos, il aurait fallu que je justifie la détention et la fuite d'un prisonnier français... Je ne fais pas ce que je veux, moi !... Font chier à Boston ! Ils ne se rendent pas compte...

## 26

**Intérieur jour :** Paris, le lendemain, QG templier du Marais

LE COMMANDEUR :
— Bonjour Lorenzo. Tu as les photos ?

LORENZO :
— Les voilà, Commandeur, je viens de les recevoir. Mais j'ai aussi des nouvelles de nos garçons... Elles ne sont pas très bonnes...

LE COMMANDEUR :
— C'est à dire ?... Ils ont appelé ?...

LORENZO :
— Non. Toujours la même chose, nos écoutes sur le QG de l'Organisation à Boston. La dernière nous apprend que l'un d'eux se serait fait prendre par ce Lennox. Il s'agit de Marc. Les deux autres ont disparu.

LE COMMANDEUR :
— Disparu ?!!... Mais disparu comment ? Disparu pour eux ou disparu pour nous ?

LORENZO :
— Apparemment disparu pour eux. J'espère que rien de

grave ne leur est arrivé...

LE COMMANDEUR :
— Raison de plus pour étudier ces agrandissements. Voyons ça... Ah ! Ben tu vois ! J'avais raison... Cette ligne claire mérite bien qu'on s'y intéresse !... Regarde où elle conduit... À quelle échelle cette photo ?

LORENZO :
— 1/5000e...

LE COMMANDEUR :
— Bon sang ! ça lui fait plus de 20 kilomètres de chaque côté du Krak !

LORENZO :
— En effet, et si on se fie au relief, elle aboutit dans des marais de bitume à un bout et en pleine montagne de l'autre !...

LE COMMANDEUR :
— À moins qu'elle ne commence en montagne, justement ?... Une source captée ?... Je suis sûr que c'est une conduite d'eau, et d'une belle largeur... Les anciens n'avaient pas leurs pareils pour construire de ces aqueducs couverts sous le désert.... On en a retrouvé datant de l'époque de Babylone !... Tout le problème était ensuite de les entretenir et d'en distribuer équitablement le débit pour l'irrigation des champs. Ils ont même inventé un métier pour cela : le fontainier. Il en reste encore beaucoup par là dans les campagnes.

LORENZO :
— Oui mais là, on n'a pas d'irrigation. S'il y a eu des

champs autour, ils sont abandonnés depuis des siècles. Et puis, quelle importance ?

LE COMMANDEUR :

— Quelle importance, Lorenzo ? Je vais te le dire !... Nos garçons ont apparemment été surpris dans le Krak. À ton avis, connaissant Bob, crois-tu qu'ils se soient laissé prendre ?

LORENZO :

— Ils ont tout fait pour l'éviter, bien sûr.

LE COMMANDEUR :

— Et de quel chemin de repli disposaient-ils ?

LORENZO :

— S'ils l'ont trouvé, ce canal, évidemment... Mais l'ont-ils trouvé ? That's the question !

LE COMMANDEUR :

— On ne peut être sûr de rien, mais faisons confiance à la Providence ! Elle nous a toujours protégés, tu sais bien... Je mettrais ma main au feu qu'ils l'ont découvert, ce canal, et qu'ils vont ressortir... Là !... dit le Commandeur en mettant le doigt sur l'extrémité montagneuse.

LORENZO :

— J'envoie tout de suite un message à nos frères de Bagdad, pour qu'ils aillent les récupérer.

## 27

**Extérieur jour :** Bagdad. Une antenne de MSF dans un quartier pauvre. Un homme portant une blouse avec un caducée lit un SMS qui vient de parvenir sur son portable. Il compose le code confidentiel de son email. Le message de Paris lui donne les coordonnées d'un lieu en pleine montagne. Il attrape aussitôt sa trousse d'urgence, saute dans une Jeep et forme un numéro d'appel.

FAHD :

— Allo, Karim ?... c'est la merde ces répondeurs !... Allo Karim ? tu es chez toi ? Répond bon sang ! C'est urgent !

KARIM :

— Allo ! Fahd ? C'est toi ?...

FAHD :

— Salut frangin ! Je viens de recevoir un message de Paris. Je passe te chercher dans trois minutes. Prépare des jerricans et des gourdes d'eau, provisions pour deux jours et pour quatre personnes, des pioches, des pelles et des cordes !...

KARIM :

— Qu'est-ce qui se passe ?

FAHD :

— Peux pas t'expliquer par téléphone !... On a des amis à

tirer d'un mauvais pas...

KARIM :
— À tout de suite !

Dix minutes après, la Jeep fonce vers l'ouest de Bagdad. Le caducée fait facilement passer les quelques barrages ou se trouvent mélangés militaires américains et policiers irakiens. Enfin, elle sort de la ville et fonce vers la montagne.

FAHD :
— On a une bonne centaine de kilomètres à faire avant ce soir !

KARIM :
— Où va-t-on ?

FAHD :
— J'en sais rien. J'ai juste les coordonnées GPS. On doit y trouver une grotte ou une espèce de souterrain... D'après ce que j'ai compris des gars à nous y seraient peut-être prisonniers...

KARIM :
— Mais qu'est-ce qu'ils foutaient là ?

FAHD :
— Ça mon vieux, j'en sais rien !... Et on n'a pas à le savoir ! Tout ce que je sais, c'est qu'on doit les tirer de là...

KARIM :

— Y a-t-il de mauvaises rencontres à faire dans cette histoire ?

FAHD :

— Je ne crois pas, non... On ne m'a pas précisé. En tout cas, mieux vaut ne pas se balader armé en ce moment. Avec tous ces ricains nerveux, on s'en sort toujours mieux avec une trousse d'urgence qu'avec un AK47.

KARIM :
— Tiens ! Quand on parle du loup...

FAHD :
— Merde !

Un Hummer garé en travers leur barre la route. Un sous-officier américain en descend.

FAHD :
— Salut l'Amerloque ! Qu'est-ce qu'on peut faire pour vous ?

MARC prenant un accent américain :
— Hi ! Vous venez de Bagdad ?

FAHD :
— Oui.

MARC :
— Y a-t-il des barrages ?

FAHD :

— Bien sûr qu'il y a des barrages ! C'est vous qui les mettez !

MARC :

— Oui... Enfin, oui et non.... Moi, je ne suis que sous-off... Vous pouvez me dire où ils sont ?

FAHD :

— Tiens, tiens !   Est-ce que tu aurais quelque chose à cacher, l'Amerloque ? Tu ne serais pas un peu trafiquant ou déserteur, des fois ?...

MARC :

— Pas du tout ! Qu'allez-vous imaginer ?... Non, je me renseigne. J'ai besoin de rejoindre ma section. Je me suis égaré en allant faire un tour et ma radio est hors d'usage, je ne sais plus sur quelle route ils sont... Et vous, vous allez où ?

FAHD :

— Trop de boulot à l'hôpital... On va faire un tour dans le désert pour décompresser un peu.

MARC :

— Vous avez raison, ça délasse... Dites, vous n'auriez pas un téléphone, par hasard ?

FAHD :

— Si. C'est pour appeler où ?

MARC :

— En France. Je vous dédommagerai pour la communication, bien sûr !

FAHD lui tend son portable :
— Allez-y !

Le sous-off s'éloigne un peu et forme un numéro. Il revient bientôt, remercie et tend le portable à Fahd. Ce dernier le prend négligemment et pendant que l'américain cherche un peu de monnaie dans ses poches, il appuie sur la touche « bis ». Le dernier numéro appelé s'affiche. Fahd n'en croit pas ses yeux ! Il hausse les sourcils et regarde l'amerloque. L'autre s'en aperçoit.

MARC :
— Quelque chose ne va pas ?

FAHD :
— Hum... Non, rien ! C'est juste que...

MARC :
— Quoi ? Ce n'est pas assez ? Vous voulez plus d'argent ?

FAHD :
— Non, non, sergent ! ça va pour moi. *Non nobis domine* !

Le faux sergent sursaute.
MARC :
— Quoi ? Qu'avez-vous dit ?

FAHD :
— Moi, rien...

MARC :

— Si, si ! Vous avez dit quelque chose en latin...

FAHD :
— J'ai dit : ça va pour moi, « *Non nobis domine* »...

MARC :
— *Non nobis, sed nomini, tuo da gloriam* !

FAHD :
— C'est bien ce que je pensais !

MARC :
— C'est incroyable ! Comment avez-vous su ?...

FAHD :
— Laisse-moi te présenter Karim, et je suis Fahd, médecin à MSF Bagdad.

MARC :
— Et moi, je ne suis pas américain. Je suis Marc Lange, de Paris.

FAHD :
— Que fais-tu ici dans cet accoutrement ?

MARC :
— C'est une longue histoire... En temps normal je ne vous la raconterais pas sans autorisation, mais là j'ai besoin d'assistance... J'allais justement en chercher à Bagdad.

FAHD :
— Plus la peine ! Nous aurions probablement été

missionnés pour ça. Dis-moi Marc, est-ce que tu ne viendrais pas du secteur Ouest à cent kilomètres environ ?...

MARC :

— Comment le savez-vous ?!!!

FAHD :

— Et vous étiez trois ? Les deux autres sont encore sous terre, n'est-ce pas ?

MARC :

— Encore juste !

FAHD :

— Nous partions à leur recherche. J'ai leurs coordonnées supposées.

MARC :

— OK ! Je viens avec vous. Je laisse le Hummer ici. Trop repérable. Juste le temps de récupérer mes fringues et en route !

Marc récupère ses habits et saute dans la Jeep. Ils ont roulé une petite demi-heure lorsqu'un autre Hummer arrive face à eux. Marc se dissimule sous une bâche au fond de la Jeep.

MARC :

— Ayez l'air de rien, je crains qu'ils ne me cherchent...

Dans le véhicule d'en face, le lieutenant Lennox et le véritable sergent Miller, en slip, jettent un regard intrigué sur la Jeep. Ils croisent la Jeep sans s'arrêter puis freinent brutalement et font demi-tour.

FAHD :

— Heu... J'ai l'impression qu'on a la chasse aux fesses, Marc !

MARC :

— Merde alors ! Comment ont-ils compris ?... Ah les salauds ! Ils voulaient que je m'enfuie ! Ils m'ont collé un mouchard !...

FAHD :

— Qu'est-ce qu'on fait ? On accélère ?

MARC :

— Hum... C'est un Hummer et nous n'avons qu'une Jeep... Sur la route, on n'a aucune chance... Prends à travers le désert ! Le plus vite possible...

Fahd vire dans les sables.

FAHD :

— C'est parti !

Une farouche poursuite se déroule entre le Hummer et la Jeep. Les dunes succèdent aux dunes, les bosses et les creux s'enchaînent, jusqu'au moment où la Jeep se plante dans le sable mou. Toutes les manœuvres sont vaines pour en sortir. Il faudrait mettre les plaques mais ça prend du temps.

KARIM :

— Merde ! On est foutus !

FAHD :

— J'en ai peur...

MARC :

— Pas de panique, Fahd ! Ils sont deux et nous sommes trois... Laisse le moteur en route et reste au volant. Karim et moi, sortons les pelles comme pour dégager les roues. Voilà ce qu'on va faire...

Dans le Hummer, le lieutenant Lennox et Miller se réjouissent déjà de la panne des trois poursuivis.

LENNOX :

— Ha, ha ! On dirait que la chance tourne, Miller !... Au lieu d'un en voilà trois ! Quelle riche idée de lui avoir collé un mouchard. On serait passés auprès sans s'en rendre compte, mais avec un Hummer contre une Jeep, ils n'avaient aucune chance... Bon, je me gare derrière. Prends la mitrailleuse et tiens-les bien en joue !

MILLER :

— À vos ordres, Lieutenant.

Le Hummer se gare juste derrière la Jeep. Miller se tient derrière la mitrailleuse qui dépasse du capot. Le lieutenant descend, souriant et sûr de lui.

LENNOX :

— La promenade est finie, Messieurs ! Allez, descends de voiture, toi !

MARC :

— Maintenant, Fahd !

Fahd appuie à fond sur l'accélérateur. Une giclée de sable jaillit des roues de la Jeep et cingle Miller au visage. Il lève la main pour s'en protéger. Tandis que Marc bondit sur le lieutenant, Karim saute sur le Hummer et bouscule Miller. La mitrailleuse crache quelques balles vers le ciel et se trouve bientôt abandonnée sans maître. Miller cherchant à se défendre de Karim, Fahd en profite pour la reprendre en main. Le tout a duré quelques secondes.

MARC :
— Allons Messieurs les Yankees !... Soyez raisonnables !...

Lennox et Miller comprennent vite que la situation a changé. Ils abandonnent. Marc fait se déshabiller Lennox (Miller l'est déjà) et les ligote avec leurs ceintures respectives, poignets au plafond dans le Hummer.

MARC :
— Je crois que nous avons hérité d'un véhicule bien plus confortable ! Nous pourrons voyager de concert, mon lieutenant. Un peu de musique ?... Eh ! Mais qu'est-ce que vous avez là ?...

Marc désigne le tatouage sous l'aisselle de Lennox.

LENNOX :
— Comme si tu ne le savais pas, Français ! Tu ne poserais même pas la question si tu ne connaissais la réponse !

MARC :
— Ainsi, vous en êtes !... Pourquoi est-ce que ça ne me surprend pas ?!...

MILLER :

— Nous en sommes de quoi ?

MARC :

— Pas vous, Miller ! Juste lui ! Vous, vous ne pouviez pas savoir...

MILLER :

— Pas savoir quoi ?

LENNOX :

— Rien !... Ça ne te regarde pas Miller !... Tu connais la règle, Français ! Ils n'ont pas à savoir !...

MARC :

— Eh bien, je ne suis pas tout à fait d'accord avec cette règle, Lennox ! Et Miller a bien le droit de savoir que tu ne travailles pas uniquement pour l'Armée américaine !

LENNOX :

— Salopard ! Tu me fais passer pour un traître en disant cela !

MARC :

— Mais tu en es un à mes yeux, Lennox !... Pas un traître à l'Amérique, non, que ton sergent se rassure à ce sujet, mais un traître quand même ! Le salopard, c'est toi, et tu sais pourquoi... Effectivement, je n'en dirai pas davantage.

LENNOX :

— Bon ! Comme tu voudras.... Qu'allez-vous faire de

nous ?

MARC :

— Eh bien, pour l'instant, on vous emmène avec nous. Nous partions repêcher nos gars.

LENNOX :
— Deux autres ?

MARC :

— Oui. C'est bien ce que tu espérais que je fasse en me posant ce mouchard, non ?

LENNOX :
— Vous étiez donc cinq ?...

MARC :

— Non, trois. Ces deux là sont les secours, on n'est pas de la même équipe. C'était bien joué, lieutenant, mais pas de chance pour cette fois !

## 28

**Intérieur nuit :** Dans le conduit souterrain, Bob a allumé une torche.

BOB :

— Tommy ?... Tommy ! Réveille-toi mon vieux ! On ne va pas y passer la semaine !

TOMMY :

— Hmmm... gue me le groledon pooouu !...

BOB :

— Hé, hé ! L'animal ! Il est encore en plongée !... Allez ! Réveille-toi, bon dieu !... Ça y est ? Ça va mieux ?... Alors, frangin ? Raconte !

TOMMY :

— Pfiouuuu ! Quel trip ! Je ne m'attendais pas à ça !... Merde, j'ai froid maintenant !

BOB :

— Normal, ta température est descendue un peu, c'est la réaction. Tiens prends ma veste ! Et mange un morceau, ça te réchauffera. D'ailleurs, je vais t'accompagner...

Les deux hommes s'asseyent au bord du canal et mangent en silence. Bob sort un réchaud du sac et fait chauffer un peu d'eau.

BOB :

— Un bon café, ça te fera du bien. Ça va mieux ?

TOMMY :

— Oui, ça va. C'est juste que je suis pensif...

BOB :

— Et quel est donc l'objet de cette réflexion ?

TOMMY :

— Mon rêve... Ou quelque chose comme un rêve mais qui n'en était pas un... J'étais parfaitement conscient. Comme si je VIVAIS vraiment ce que je rêvais...

BOB :

— Bienvenue chez les initiés mon garçon ! Tu as vécu une décorporation !

TOMMY :

— Une décorporation ? Tu veux dire une expérience de NDE ?

BOB :

— C'est bien ça ! Une « *Near Death Experience* ». C'est pour cela qu'on appelle ça « la petite mort ». Mais comme tu vois, tu en es revenu !

TOMMY :

— Putain ! C'est impressionnant ! J'ai vu des gens de ma famille. Des vivants, mais aussi des disparus, et des tas de gens inconnus mais qui m'ont semblé familiers. Ils étaient très accueillants et semblaient flotter dans les airs, sans marcher... C'est vachement étrange. J'avais l'impression de pouvoir le faire moi-même. D'ailleurs, je l'ai fait. Ils m'ont conduit dans un endroit bizarre où j'ai vu défiler toutes sortes d'images, comme au cinéma.

BOB :
— Et quel film as-tu vu ?

TOMMY :

— Plusieurs. Au moins trois, je m'en souviens nettement. Mais ça n'était que des films en costume, des séquences historiques... Et je jouais dedans comme acteur !

BOB :

— Tu n'étais pas un acteur, Tommy. Pas au sens cinématographique. Ce sont tes vies que tu as vues ! Tes vies antérieures...

TOMMY :

— Tu déconnes ! Tu ne vas pas me dire que tu crois à ça ?!...

BOB :

— Je n'y croyais pas non plus, au début. Mais tu verras à l'usage ! Tu as sans doute déjà ressenti, comme tout un chacun, la fulgurance d'une situation de « déjà vu » ?... Elle t'apparaîtra complètement différente lorsque, comme moi, tu auras résolu tes préjugés là-dessus. Avec un peu d'entraînement, cette disposition se développe. Certains d'entre nous sont capables de se remémorer des histoires incroyables vécues il y a des siècles. Ça nous rend très souvent service.

TOMMY :

— Je croyais qu'on était agnostiques ?

BOB :

— On l'est ! Ce n'est pas une « religion » que de se souvenir ! Pas au sens dogmatique en tous cas. Si cette aptitude devait induire une éthique, ce serait plutôt à la manière des pythagoriciens, plus une philosophie qu'une religion. Dès sa fondation, notre ordre tout entier comme notre culte furent dédiés à « Notre Dame » qui, contrairement à ce que les gens croient, n'a jamais été la mère de Jésus mais bel et bien la « Vierge Noire », l'antique symbole universel de la Terre-Mère, la nourricière, la Pachamama des indiens ou l'ISIS des Egyptiens. La notion « d'Immaculée Conception », instaurée bien plus tard par l'église, ne fera que chercher à récupérer cette idée. Jésus n'a jamais annoncé « la vie éternelle », mais la « renaissance éternelle » ! C'est ce qu'avaient découvert les premiers chevaliers sous les ruines du Temple de Salomon, et c'est d'ailleurs la raison pour laquelle nos fondateurs ont obtenu du pape ce statut si particulier. Je crois que seuls Saint-Bernard et les Templiers fondateurs avaient compris cela, sans jamais en faire état officiellement, bien entendu.

Mais il est vrai que Saint-Bernard était un peu druide... D'ailleurs, si par sa bulle « *Omne datum optimum* » Innocent II nous avait accordé le droit d'avoir nos propres prêtres sans aucun besoin d'en référer au clergé régulier, ce n'était pas pour rien !... Il faut savoir que depuis l'abolition officielle du Temple, seuls deux autres Ordres ont eu ce privilège de la « Prélature personnelle ». Ce sont les Jésuites, et l'Opus Dei. Et encore, pour ces derniers ce ne fut qu'au XXe siècle !... Il fallait donc, spirituellement ou doctrinalement, être plus puissants que le pape lui-même pour obtenir cette extraordinaire exemption. Sans parler des autres privilèges par rapport aux taxes, aux pouvoirs royaux, etc...

TOMMY :

— Tu te rends compte de ce que tu dis là ? C'est une véritable hérésie pour l'église...

BOB :

— Je m'en rends parfaitement compte. Mais qu'est-ce que l'hérésie ?... C'est ne pas croire la seule Vérité officielle admissible et estampillée par l'autorité ?... Qui sait ? C'est peut-être l'Église elle-même qui est « hérétique » ? Un de mes amis dit toujours : « L'Église ? Ça n'est qu'une secte parmi d'autres, mais une qui a réussi ! ». Il a sans doute raison. C'est peut-être l'Eglise officielle qui est dans l'erreur et trompe du même coup tous ses fidèles ! Va savoir !... D'autres rares chrétiens l'ont compris, comme François d'Assise par exemple qui a eu lui aussi quelques ennuis avant de faire accepter son nouvel Ordre. Et dans d'autres cultures, il y a les soufis dans l'islam ou les tibétains dans le Bouddhisme qui sont eux aussi des croyants « à part »....

En tout cas, deux siècles plus tard l'élite de l'Eglise avait changé, ce qui nous valut d'être lâchés par Rome quand elle a compris que le Temple n'était pas tout à fait aussi « catholique » qu'elle l'aurait souhaité... Sa domination dogmatique des consciences s'en trouvait affaiblie. Après Innocent III aucun pape n'aurait jamais accepté s'il l'avait connue ce qui est toujours considéré aujourd'hui comme une hérésie. Tant que nous étions en Palestine, nous ne lui portions pas ombrage. La terre Sainte, c'était loin à l'époque...

TOMMY :

— Pourtant, ils ont laissé faire le Temple jusqu'au XIVe siècle...

BOB :

— Oui, ils l'ont toléré un certain temps... Tant que cette connaissance interne n'était pas répandue dans le peuple et tant que le Temple rendit à la société séculière les services qu'on attendait de lui ! Ça a changé à partir du moment où la Terre Sainte fut perdue. Quand le Temple est rentré en Occident avec ses richesses, il y a tout de suite pris trop d'influence et affiché beaucoup trop d'indépendance. Ce fut sa perte. Le roi de France a pris ombrage de sa puissance économique, et le Pape de son influence philosophique grandissante bien qu'il n'ait rien eu à lui reprocher dans sa conduite. On a alors commencé à le calomnier, à dire que les Templiers n'étaient pas de « bon chrétiens », qu'ils adoraient des idoles, qu'ils étaient sodomites, qu'ils fraternisaient avec les musulmans, etc. En fait, on leur a reproché tout ce qui pouvait détruire leur réputation !

TOMMY :
— Mais c'est tout de même vrai qu'ils fraternisaient avec l'ennemi ?...

BOB :
— Quel ennemi ? Les Musulmans ? Mais, comme de nos jours, à part les intégristes fanatiques, les Musulmans n'ont jamais été les ennemis des Chrétiens !... En tout cas, pas en tant que tels ! Ils combattaient les « infidèles », les mécréants si tu veux, au sens littéral du terme : ceux qui ne croient pas en une Puissance unique et universelle que les Francs-maçons appellent « Grand Architecte de l'Univers »... Mais ils laissaient depuis toujours toute liberté aux croyants de toutes confessions qui venaient en pèlerinage en Terre Sainte. Ce n'est pas à toi que je vais l'apprendre, ces histoires de croisades ne furent, comme les modernes guerres des Bush, que des prétextes invoqués pour contrôler la Terre Sainte et les routes de commerce avec l'Orient. Les Américains paraissent un peu plus civilisés de nos jours – quoique ?... – car la plupart des croisés se conduisaient à ce moment là comme des sauvages, se taillant des fiefs, pillant, violant, déshonorant la chrétienté dans son ensemble. Mais les Musulmans savaient faire la différence avec les Templiers. Ils respectaient les hommes justes et les ennemis loyaux. Ils avaient même énormément d'admiration pour l'Ordre, au point que Saladin lui-même demanda à y être reçu chevalier !

TOMMY :

— Saladin ? Le Sultan de Bagdad ?


BOB :

— Lui-même ! D'ailleurs, ça nous ramène à notre voyage ici. Je suis persuadé qu'il y a un lien entre les Sarrasins de cette époque et la construction de ce Krak, si avancé en plein milieu des terres musulmanes... Si on reprenait notre chemin vers cette hypothétique sortie ?...


TOMMY :

— Oui, tu as raison ! Nous nous sommes assez reposés.


## 29


**Extérieur jour :** Le Hummer parvient aux coordonnées signalées par Paris. Depuis une heure, une forte pente marque la progression à flanc de montagne. Par-dessus rochers et caillasses, le véhicule tout terrain avale chaque obstacle sans broncher.


MARC :

— Dans le fond, heureusement que nous sommes en Hummer... Il a un tel empattement ! En Jeep on se serait déjà renversé dix fois !


FAHD :

— Selon le GPS de bord, nous y sommes. Voyez-vous

quelque chose ?

MARC :

— Pas grand-chose... Avec cette réverbération sur le sable...

FAHD :

— Et pourtant, il n'y a pas d'erreur ! C'est bien ici. Théoriquement, à dix mètres près, nous sommes dessus...

KARIM :

— STOP !... Il y a une faille, là, juste devant nous.

Le véhicule stoppe net.

MARC :

— Peste ! Heureusement que tu as de bon yeux Karim, pour un peu, on y tombait !... Allez ! Tout le monde descend !

FAHD :

— Même eux ?

MARC :

— Oui, même eux. Il faut bien qu'ils se dégourdissent les jambes. À poil, sans chaussures et les mains liées, ils n'iront pas loin dans ces cailloux. Fahd, démonte la mitrailleuse et enferme les munitions dans le coffre. Je ne veux pas leur laisser la moindre chance de s'en servir. Karim, sors les cordes et les harnais, je m'occupe des outils. On va visiter cette faille.

FAHD :

— On les laisse là ? Tu ne trouves pas que c'est un peu risqué ? Ils peuvent faire n'importe quoi en notre absence...

MARC :

— Hum... Tu as raison Fahd, on va les faire descendre avec nous. À une condition... Lennox, Miller !

LENNOX :

— Qu'est-ce que tu veux, salopard ?

MARC :

— Hum... Ça commence mal, Lennox ! Je veux votre parole que vous ne vous enfuirez pas si je vous libère.

MILLER :

— Vous avez la mienne, français. Où pourrait-on aller sans moyen de transport dans ce désert ?

LENNOX :

— Tu as la mienne aussi, salopard ! Parole d'officier.

Marc prend Lennox à part.

MARC :

— Pour toi, ça ne me suffit pas. Un officier prisonnier a le devoir de s'évader quel que soit ce qu'on lui faire jurer. Je veux ta parole de chevalier, même si je ne reconnais pas à *Soleil Noir* le droit d'attribuer ce titre !...

LENNOX :

— Je te la donne !... Au moins jusqu'à ce que tu aies retrouvé tes copains. Ça te va ?

MARC :

— Hum... ça ira pour l'instant. OK Karim, rends-leur leurs vêtements et leurs godasses. Mais pas les armes qui vont avec, hein !

Marc libère les deux prisonniers. Une corde est arrimée à un pare-choc du Hummer dont on bloque les roues avec une pierre. Chacun s'encorde, et la descente dans la faille commence.

La descente est longue et difficile. Vingt mètres de corde sont nécessaires pour atteindre au fond d'un à-pic une plateforme en pente douce où s'ouvrent à droite et à gauche d'étroits passages qui s'enfoncent dans la roche... Celui à l'Est est trop étroit pour y passer.

On opte pour celui de l'ouest. Le fond sablonneux indique qu'une rivière a coulé là dans les temps anciens. Elle s'est enfoncée plus bas depuis et le reste est dans l'obscurité. On allume les lampes.

## 30

**Intérieur nuit :** Le conduit

TOMMY :

— Ça fait combien à ton avis ? Au moins vingt kilomètres qu'on marche ainsi dans le noir ?...

BOB :

— Oui, sans doute plus. À force de suivre la paroi avec la main, j'ai le bout des doigts en sang, mais jusque là on n'a pas trébuché une fois. Ces gens étaient vraiment des constructeurs géniaux !

TOMMY :

— Oui, c'est une vraie balade, j'en suis d'accord, mais je commence à la trouver un peu longue ! Je voudrais bien voir le bout de ce tunnel ! La lumière du soleil me manque, j'angoisse un peu. Et après cette expérience de « petite mort », j'ai peur que ça finisse mal, par une grande, sans aucune ironie.

BOB :

— Oui, je te sens trembler depuis tout à l'heure... Du calme Tommy. Si je rallume la lampe de temps en temps, ça ira mieux ? On est obligé d'économiser la lumière car on ne sait pas sur quoi on va tomber au bout... Mais il y a forcément un bout !

TOMMY :
— Je sais...

BOB :

— Parle-moi si tu as peur... Dis quelque chose. Raconte moi tes visions de tout à l'heure...

TOMMY :

— Oui, c'est peut-être ça... Depuis qu'on marche dans le noir, il y a quelque chose qui n'arrête pas de me revenir devant les yeux... Une pensée lancinante, un objet brillant comme un filet d'eau ou un long serpent très fin, mais je ne parviens pas à définir quoi. C'est comme si je le connaissais, que ça m'était familier, mais en même temps, ça me fait froid dans le dos, ça me terrifie !... Je n'ai jamais eu une impression comme celle-là. Et plus on avance, et plus c'est présent... Ça me hante littéralement ! J'ai peur qu'on trouve la mort au bout de ce tunnel, Bob !

Bob se retourne, allume la lampe. Tommy a les yeux pleins de larmes ! Il est en pleine crise d'angoisse.

BOB :
— Allons ! Allons ! Tommy... Je suis là, petit ! On ne mourra pas. Ça ne voudrait rien dire. Fais confiance à la Providence. Tant qu'il y a de la vie...

TOMMY :
— Je sais... C'est juste que je n'arrive pas à me défaire de cette angoisse... Je ne veux pas mourir ici ! JE NE VEUX PAS MOURIR ICI !...

L'écho répercute le cri de Tommy. À l'infini, on entend « ..ci ! ..ci ! ..ci ! »

## 31

**Intérieur nuit :** Une grotte avec stalactites

KARIM :
— Qu'est-ce que c'est que ça ?

FAHD :
— Hein ?... ça quoi ?

KARIM :
— Ben ça !

Karim, passé en tête, montre du doigt un pictogramme sur la paroi. Marc lâche :

MARC :
— Merde alors ! Si je m'attendais !...

KARIM :
— Quoi ? Qu'est-ce que c'est ?

LENNOX :
— Ce sont les mêmes graffitis qui sont à Chinon, en France, non ?

MARC :
— En effet, Lennox. Ce sont les mêmes !

FAHD :
— Mais alors ?... Ça veut dire que des Templiers sont demeurés prisonniers ici ?

MARC :
— J'ai peur que oui. Ils n'ont sans doute jamais pu remonter... Continuons...

Le passage s'élargit bientôt en une large salle où pendent

d'innombrables stalactites qui résonnent au passage des cinq hommes comme un ensemble d'orgues. Un filet d'eau sourd d'une paroi, rejoint par des milliers de gouttes étoilées qui tombent du plafond pour former une petite rivière miroitante qui s'enfuit dans l'ombre tremblante des lampes.

FAHD :

— Magnifique ! Si je devais choisir mon tombeau, je voudrais être inhumé ici ! Quel silence paradoxal ! Quelle musique céleste ! Quel ravissement !

MARC :

— Tu as raison, Fahd, c'est sublime. Mais ne nous laissons pas séduire par le charme de l'endroit. Avançons plus loin.

KARIM :

— Qu'est-ce que c'est là-bas ?

FAHD :

— Où ça ?

KARIM :

— Là-bas, on dirait une construction, un empilement artificiel...

Un genre de cabane grossière, en pierres disposés les unes sur les autres sans mortier à la manière des « bories » provençales, apparaît contre une paroi dans la lumière des lampes. Une croix de pierre approximative surmonte ce qui semble en être l'entrée. Les hommes s'en approchent.

FAHD :

— Mon dieu ! Quelle horreur ! Quelle fin atroce ont dû avoir ces malheureux !

Une dizaine de squelettes, encore habillés de leur cotte de maille, une épée rouillée fièrement tenue entre leurs mains jointes, reposent là. Appuyés à la paroi, deux « bourdons », bâtons de pèlerins magnifiquement ouvragés. Sur les cottes de maille, un tissu largement mité par des nécrophages laisse encore apparaître sur l'épaule gauche une croix rouge à double traverse.

KARIM :

— La croix de Jérusalem !

FAHD :

— Ah non ! Ça, c'est la croix de Lorraine ! Celle de Leclerc et De Gaulle !...

MARC :

— C'est la même, Fahd !... Leclerc et De Gaulle n'ont fait que reprendre la toute première croix, donnée aux Templiers en 1118 par le Patriarche de Jérusalem.

LENNOX :

— Je confirme ! Nos archives sont formelles là-dessus.

MARC :

— Très peu de gens le savent mais cet emblème leur fut suggéré en Angleterre par une carmélite qui l'avait effectivement recueilli des Templiers.

FAHD :

— Quoi ? Tu veux dire que Leclerc et De Gaulle étaient des Templiers ?

MARC :

— Tu as le sens des raccourcis, Fahd ! Je ne dis pas ça. Je pense très fort qu'ils en avaient au moins l'esprit, mais...

Au bruit de leurs voix, l'écho de la salle n'ayant rien eu à répercuter pendant des siècles fait vibrer les stalactites à l'infini. Les os des squelettes déposés là sont eux aussi sensibles à cette vibration qui trouble leur repos éternel... Un bras tombe, emportant avec lui un reste de manteau qui découvre dans sa chute un petit coffret d'ivoire...

FAHD :

— Vingt dieux ! Qu'est-ce que c'est encore que ça ?!...

MARC :

— Ouvrons-le, nous verrons bien !

Fahd s'empare du minuscule coffret. Les ferrures d'argent n'ont pas bougé. Il l'ouvre sans peine. Au-dedans, une ficelle... Ou plutôt un lacet... Un lacet d'argent tressé. Son visage passe par toutes les couleurs...

KARIM :

— Par Allah !... Le Lacet d'Argent !... Le lacet du Prophète !

MARC :

— Le Lacet du prophète ?!!!

FAHD :

— Oui... une vieille légende irakienne : En reconnaissance

de sa fidélité, Mahomet aurait donné à son gendre Ali un lacet de sa babouche pour symboliser leur lien. Ali l'aurait emporté avec lui. Les Chiites l'ont vénéré pendant des siècles mais on perd sa trace vers l'an Mil dans la région qui correspond à l'Iran aujourd'hui. Je dois dire que n'y croyais pas, mais voilà !...

MARC :

— Eh oui ! Combien de choses sont comme ça, illusoires, jusqu'à ce qu'on les rencontre !... C'est une découverte fantastique. Et je peux même dire que c'est probablement ce que nous étions venus chercher...

LENNOX :

— Comment ça, « probablement » ? Vous ne saviez pas exactement ce que vous êtes venus chercher ?

MARC :

— Non, mon cher Lennox. Nous ne le savions pas exactement. Nous savions que c'était dans le Krak, à la garde des Templiers, mais nous ne savions pas exactement quoi. À la lumière de l'histoire que nous raconte Fahd, on peut difficilement imaginer plus important que ce lacet. C'est donc probablement ça l'objet tant convoité. Mais ce que j'ignore encore c'est comment il s'est retrouvé ici, et pourquoi ces hommes en sont morts...

LENNOX :

— Moi, il y a autre chose que je ne comprends pas ! C'est pourquoi les Templiers gardaient une relique musulmane !

MARC :

— C'est ce qui fait toute la différence entre nous, mon cher Lennox ! Le jour où les gens de chez vous comprendront enfin, vous nous rejoindrez !

Un cri strident déchire soudain le silence de la grotte !...

KARIM :
— Ecoutez !...

MARC :
— Je n'entends rien.

FAHD :
— Moi si, j'ai entendu comme un cri.

LENNOX :
— Une chauve-souris, peut-être ?...

FAHD :
— Non, un cri humain. Ou presque inhumain, devrais-je dire...

KARIM :
— Ça venait de par-là.

MARC :
— Allons voir.

Sur près d'une centaine de mètres, le plafond de la grande salle descend en pente douce et ses parois se resserrent pour la rétrécir en un long couloir. Immédiatement, un détail interpelle les visiteurs.

MILLER :

— Je me trompe ou ce couloir est taillé au carré ? Ce n'est pas naturel, ça !

LENNOX :
— Bizarre, en effet !

KARIM :
— Ça m'a l'air solide, taillé en pleine roche ! Quel boulot ! Ce n'est quand même pas nos Templiers qui ont fait ça ! S'ils avaient eu les outils pour tailler un tel conduit, ils auraient pu sortir sans peine !

FAHD :
— À moins qu'ils ne soient seulement arrivés par ici, et s'y soient trouvés bloqués dans ce cul de sac ?

LENNOX :
— C'est sans doute ça... Mais alors, ça vient d'où ?

MARC :
— Mais du Krak, mon cher Lennox ! Ce conduit vient du Krak ! Mes amis étaient dans un puits lorsque tu as fait péter tes explosifs pour nous prendre. Voilà pourquoi tu m'as attrapé seul. Je n'avais pas eu le temps de descendre, mais du coup, eux s'y trouvaient prisonniers. Plus de chaîne pour remonter. Je ne pouvais pas attendre des jours ou des semaines que l'US Army prenne des renseignements sur moi. Il me fallait très vite organiser leur sauvetage. Voilà, sergent, pourquoi j'ai été un peu vif avec vous. Vous me pardonnerez j'espère...

MILLER :
— Ben alors, Français, tu n'es pas un terroriste !

MARC :

— Je me tue à te le dire, Miller !

LENNOX :

— Pour moi, ça ne change rien ! Terroriste ou pas, tu n'avais rien à faire dans cet endroit sans autorisation de fouilles et je te jure que je te ferai payer ton évasion !

MILLER :

— Allons, mon Lieutenant ! N'en faites pas un fromage qui pue ! Ces Français sont indisciplinés, tout le monde le sait, mais il n'a rien fait que pour sauver ses amis. Je trouve ça plutôt bien.

LENNOX :

— Ta gueule Miller ! Jusqu'à nouvel ordre, je reste ton supérieur ! Si tu prends la défense de l'ennemi, je te fais passer en Conseil de guerre !

MARC :

— Incorrigible, hein !

FAHD :

— On n'entend plus rien... Si on criait à notre tour ?

MARC :

— Bonne idée. Hehooo ! Hehooo ! Il y a quelqu'un ?...

L'écho répond : Oho HOho làààà... Quelques minutes passent et une lueur apparaît dans le conduit. C'est Bob qui soutient littéralement Tommy. Les hommes se précipitent au devant d'eux. Tout à leur joie, personne ne remarque que Lennox reste en arrière...

## 32

**Intérieur jour :** Paris, le QG du Marais

LORENZO :
— Bonjour Commandeur. Excellente nouvelle ! Je viens de recevoir un appel de Marc. Il s'est évadé. Il leur a piqué un Hummer et s'est barré avec un sergent comme otage. Ils doivent en être malades à Boston !

LE COMMANDEUR :
— Sacré Marc ! On a bien fait de le choisir pour cette mission. Un autre ne s'en serait pas tiré si facilement. A-t-on des nouvelles des autres ?

LORENZO :
— Pas vraiment. Le secours est parti de Bagdad mais on n'a plus de nouvelles depuis. Il faut leur laisser quelques heures...

LE COMMANDEUR :
— Très bien, Lorenzo !... Ah ! As-tu vu Manuel ?

LORENZO :
— Non Commandeur, pas depuis avant-hier. Il devait

pourtant passer hier après-midi... J'espère que sa fille va bien.

LE COMMANDEUR :

— J'espère aussi ! J'espère surtout que cette histoire de fille hospitalisée est bien vraie !...

LORENZO :

— Que voulez-vous dire, Commandeur ?

LE COMMANDEUR :

— Quelque chose me chagrine depuis quelque temps dans l'attitude de Manuel. Il est habituellement ponctuel, précis, franc et plutôt d'humeur joyeuse. Mais depuis quelques semaines, je le trouve renfermé et évasif... Le fait qu'il ne passe pas alors qu'il devait le faire m'inquiète...

LORENZO :

— Vous croyez qu'il cache quelque chose ?

LE COMMANDEUR :

— Je n'aimerais pas... Chacun a son jardin secret, mais on ne change pas de comportement à ce point sans raison sérieuse... Et cette histoire de fuite m'inquiète au plus haut point, je dois le dire...

LORENZO :

— Non... Manuel ne passerait pas à l'ennemi, Commandeur ! Pas lui !

LE COMMANDEUR :

— Je suis de ton avis Lorenzo, mais qui peut savoir ?... Il y a des cas où l'on peut être contraint de faire des choses...

Ça ne serait pas la première fois, Soleil Noir n'est pas à un chantage près... Mets donc Manuel sous surveillance !... Il faut quelqu'un de discret, tu mets Saxe là-dessus.

LORENZO :
— Ça m'ennuie, Commandeur ! Ça m'ennuie vraiment !

LE COMMANDEUR :
— Moi aussi Lorenzo, mais c'est nécessaire. S'il n'y a rien, on sera fixés très vite.

LORENZO :
— Bon, d'accord, je préviens Saxe tout de suite. Mais ça me fait mal au ventre, je vous le dis !

LE COMMANDEUR :
— À moi aussi Lorenzo... À moi aussi !

## 33

**Extérieur jour :** Paris, quartier de la Bourse. Un homme planque dans une voiture, un appareil numérique à portée de la main et un micro dans l'autre. Il s'adresse à un collègue sur le trottoir.

SAXE :
— Le voilà qui sort de l'immeuble ! S'il prend sa voiture, je

le suis. S'il va à pied, tu le prends en filoche. Moi, il me connaît trop.

JOSE :

— OK, compris ! Apparemment il va au bistrot du coin. Je le suis. Je vais prendre un verre à ta santé...

SAXE :

— Merci bien, moi aussi j'ai soif !... Bon, fais gaffe tout de même, c'est un mariolle, il a vite fait de repérer quelqu'un.

JOSE :
— T'inquiètes !

L'homme laisse passer Manuel qui pénètre effectivement dans un café. Il attend quelques minutes et y pénètre à son tour.

## 34

**Intérieur jour :** le café est bondé. Manuel n'est pas dans la salle principale. D'une arrière-salle, le son de la télé avertit le passant que le lieu est consacré au football.

JOSE :
— Bonjour !

LE PATRON :

— Bonjour ! Qu'est-ce que ce sera ?


JOSE :

— Un demi, s'il vous plaît, sans trop de mousse.


LE PATRON :

— C'est ça, un demi, quoi !... Voilà ! Ça fera deux euros... Vous voulez des cahuettes ?


JOSE :

— Oui, merci bien ! C'est le match ?


LE PATRON :

— Oui, France-Espagne !... Ça va chauffer !


JOSE :

— C'est chez vous que ça chauffe ! Vous avez un monde fou pour un si petit bistrot !


LE PATRON :

— On a ses habitués... On se plaint pas... Vous êtes du quartier ?


JOSE :

— Non, juste de passage. Je venais voir un ami mais il n'est pas encore rentré.


LE PATRON :

— Il est peut-être ici ? Comment il s'appelle ?


JOSE :

— Ça m'étonnerait...

LE PATRON :
— Dites toujours...

JOSE :
— Il s'appelle Manuel, un mètre soixante-quinze, brun, le nez un peu de travers et un sourire genre haleine fraîche, à ce qu'on m'a dit. Mais, même s'il est là je ne veux pas le déranger, j'attendrai. En fait ce n'est pas vraiment un ami, juste une relation. J'habite en province et je ne viens pas souvent à Paris, vous comprenez... Alors, il m'avait dit comme ça : « Si tu t'emmerdes, passe donc me voir, je te ferai connaître du monde ! »... Il paraît que c'est un joyeux drille.

LE PATRON :
— Je crois que vous avez raison ! Le Manuel, il vient souvent en ce moment, avec sa petite amie... Il doit être là en effet. En tous cas, je l'ai vu entrer y a pas deux minutes... À moins qu'il soit sorti par derrière...

JOSE :
— Ah, bon ! Vous avez une sortie par derrière ?

LE PATRON :
— Ben oui, c'est plus discret pour les rendez-vous galants, n'est-ce pas ? Les types arrivent par devant, et les nanas attendent en bagnole par derrière... Ni vu ni connu, je t'embrouille ! Ah ! Y en a des bons dans le quartier ! Et des chaudasses aussi !... Mais votre copain, c'est la première fois que je le vois accro comme ça... Je veux dire, c'est seulement depuis quelques semaines, depuis qu'il a cette nana... La garce, qu'elle est gironde ! Pouvez pas savoir !...

119

JOSE :

— Ça prouve au moins qu'il a de la chance !

LE PATRON :

— Ça, vous pouvez le dire ! Pourtant, à le voir comme ça, il est pas terrible ! J'aurais pas misé trois sous sur la chose ! Mais la coquine, elle lui a fait du gringue comme personne ! Ça, on peut dire qu'elle l'a allumé ! Faut croire que les rigolos ont leur charme, pas vrai ?...

JOSE :

— On le dit : Faire rire une femme, c'est déjà la moitié du chemin !... Sacré Manuel ! Bon, c'est pas tout ça mais, s'il est parti conter fleurette, je vais en profiter pour faire une course. À bientôt. Ne lui dites rien, je veux lui faire la surprise.

LE PATRON :

— À votre service !

## 35

**Extérieur jour :** L'homme sort du bar et se dirige vers la voiture en stationnement.

JOSE :

— Saxe ?... T'as entendu ? Il est parti par derrière avec une meuf...

SAXE :

— Une femme, José, une femme ! C'est peut-être l'explication que nous cherchons... Il faut en savoir plus sur cette nana.

JOSE :

— Alors moi si je dis meuf, c'est pas bien, mais toi tu peux dire nana ?

SAXE :

— D'accord, je reprends ! Il faut en savoir plus sur cette femme fatale ! Demain on se postera derrière le bistrot... Grimpe ! Faisons le tour et allons repérer les lieux.

La voiture démarre, tourne le coin de la rue et s'arrête derrière une file d'autres véhicules en stationnement. Dans une petite Ford élégante, Manuel est en conversation avec une fille magnifique. Ils ont l'air de s'engueuler.

SAXE :

— Merde ! Ils sont là ensemble ! Je ne peux pas me faire voir, il me connaît trop. Prends l'appareil et tâche de faire discrètement quelques photos de cette nana ! Tu sais t'en servir ?

JOSE :

— J'ai le même à la maison...

SAXE :

— Bon ! Discrètement, hein ! Est-ce que tu sais te servir de ça aussi ? J'aimerais bien entendre ce qu'ils se disent...

Saxe ouvre un sac de sport et montre un canon à son à José.

JOSE :
— Pas trop l'habitude, mais on peut essayer...

SAXE :
— Facile ! Il est réglé pour les fenêtres d'étages supérieurs mais à cette distance tu n'auras qu'à mettre les écouteurs à côté des oreilles si tu ne veux pas avoir les tympans fêlés. Tu vises et tu appuies là. Ça enregistre tout seul. OK ?

JOSE :
— OK c'est bon !

José sort de la voiture, prend le sac de sport et fait quelques pas sur le trottoir opposé. Les arches du Palais royal lui offrent une cachette sûre. Il prend quelques clichés puis sort le canon et vise la petite voiture aussi discrètement qu'il peut. Dix minutes plus tard, Manuel sort de la voiture et la fille s'en va. José attend une minute et rejoint Saxe.

SAXE :
— Alors ? Tu as réussi à entendre quelque chose ?

JOSE :
— J'ai les photos de la blonde, le numéro de la bagnole, et le son de sa voix. Avec tout ça, on devrait facilement la déshabiller !

SAXE :
— Arrête ! Tu me fais rêver !... Heureusement qu'on ne fait

plus vœu de chasteté !

JOSE :
— Quel canon ! Je comprends que Manuel perde la tête !

SAXE :
— Ce n'est pas prouvé encore !... Qui sait ? Ce n'est peut-être qu'une aventure banale... Qu'est-ce qu'ils se disaient ?

JOSE :
— Ils parlaient portugais. À ce que j'en ai compris, il s'agissait d'une affaire à propos d'une gamine dont il aurait la garde... Ça pourrait être sa fille ?

SAXE :
— Je ne sais pas. La gamine de Manuel a dix ans. Quel âge a cette nana ? Vingt-cinq, à tout casser ? M'étonnerait que ce soit sa mère... À vrai dire, je sais qu'il est séparé mais je n'ai jamais rencontré l'ex-femme de Manuel et je ne sais rien sur elle... Il va falloir que je me rencarde sur le sujet. Bon ! On réécoutera ça à tête reposée. La récolte est bonne pour aujourd'hui, on rentre !

## 36

**Intérieur nuit :** La grotte aux stalactites. Tommy appuyé sur Bob arrive péniblement à l'orifice du conduit débouchant dans la grotte. Les autres se chargent des sacs et prennent le relais de Bob. Lennox a discrètement reculé dans la direction opposée, il se dirige vers la faille par laquelle ils sont entrés. Marc s'aperçoit de son absence.

MARC :
— Putain ! Où est passé Lennox ?!...

KARIM :
— Il était là il y a un instant...

MARC :
— Je sais bien, mais il n'y est plus !... Merde ! Le salaud ! Il veut nous laisser pourrir ici !

Marc laisse tomber les sacs et se met à courir vers la sortie. Lennox se met à courir également. Le bruit de leur course résonne dans la salle et fait vibrer les stalactites. Lennox est arrivé au pied de la sortie et s'est déjà encordé pour la remontée. Il commence à grimper à la corde en ramassant le surplus derrière lui. Son intention est claire. Il veut leur couper le chemin de retour. Marc sort le Colt pris sur le sergent Miller et crie :

MARC :
— Salopard ! Fumier !... Redescends tout de suite ou je te descend moi-même !...

LENNOX :
— Tu ne le feras pas !

MARC :
— Tu vas voir !

L'autre n'entend pas obéir. Marc tire en l'air ! Des éclats volent au-dessus de la tête de Lennox qui commence à redescendre. Mais le bruit de la détonation est parvenu à la grande salle. Amplifié par l'écho, il provoque une avalanche de stalactites dans la grotte, accompagnée d'un concert d'orgues gigantesque. Les hommes s'abritent comme ils peuvent sous le déluge de pierres tombant du plafond. Marc entend ses amis hurler. Il se détourne quelques instants de Lennox, qui en profite pour remonter le plus vite qu'il peut vers la surface. Bientôt il est hors d'atteinte. Les hommes sont prisonniers en bas du gouffre, comme leurs ancêtres Templiers.

MARC :
— Merde ! Merde, merde, merde ! L'enfoiré de merde ! Et je ne peux même pas le lui reprocher... Il n'avait donné sa parole que jusqu'à ce qu'on vous retrouve...

MILLER :
— Fucked ass hole ! Et moi ? Il me laisse tomber ?!

MARC :
— Ne vous inquiétez pas, sergent ! Nous remonterons. Je connais leurs méthodes. On va négocier. Il va nous faire du chantage mais nous remonterons tous dès lors qu'il aura ce qu'il veut.

MILLER :
— Et que veut-il, d'après vous ? Je ne comprends pas son comportement. Il aurait pu, il aurait même dû, nous signaler aux hélicos quand vous m'avez pris en otage... Il ne l'a pas fait, et vous vous y attendiez ! Vous semblez prévoir ses réactions à l'avance, mais pourtant il vous berne quelquefois. On dirait une partie d'échecs entre vous... Vous vous connaissez donc ? À quoi jouez-vous ?

QUI êtes-vous, et quel est ce secret qui vous lie ? Quelle est cette règle qui vous impose à l'un et l'autre de ne rien m'en dire ?

MARC :

— Vous avez raison sergent. Je ne connaissais pas Lennox personnellement avant aujourd'hui, mais je connais ses semblables et je sais comment ils agissent. Désolé, pour votre propre sécurité future je ne peux pas vous en dire plus mais croyez-moi, il va négocier !

MILLER :

— Dieu vous entende !

MARC :

— Dieu n'a rien à voir à l'affaire, ce serait plutôt le diable ! Attendons... Et occupons-nous des blessés...

Les blessures ne sont heureusement que superficielles. Le plus atteint est Tommy, psychologiquement. Bob s'efforce de lui remonter le moral, et Fahd lui donne un calmant. Dix minutes passent. Une pierre tombe de la surface, enveloppée d'un papier. Marc la ramasse.

MARC :

— Voyez, sergent, je vous l'avais dit !

KARIM :

— Quelles sont ses exigences ?

MARC :

— Voyez vous-même, sergent. Il veut le « Lacet du

Prophète »... C'est vous qui devez le lui remonter. Il me donne sa parole de nous re-balancer la corde ensuite. Mais il n'y aura plus le Hummer, bien sûr, et nous devrons parcourir à pied les cent bornes du retour à Bagdad. Dans son élan de générosité, il nous laissera un jerrican à chacun. Nous n'aurons qu'à les remplir d'eau ici avant de remonter.

MILLER :
— Tout ça pour cette relique ?... Il est fou !

MARC :
— Pas tant que ça, sergent ! Pas tant que ça... Vous ne pouvez pas comprendre, mais c'est pour ça que nous sommes venus nous-mêmes...

MILLER :
— Et vous allez lui faire confiance ?

MARC :
— Le moyen de faire autrement ? Et puis... il est du mauvais côté mais il a respecté sa parole à la lettre, et même à la seconde près !... Je ne mets pas en doute sa parole. Je me méfie plutôt du non-dit. Voici le Lacet d'Argent. Je vous le confie, sergent. Je compte sur vous. Nous comptons tous sur vous au cas où il voudrait nous jouer un nouveau tour...

MILLER :
— Mais que puis-je faire ?... Il reste mon supérieur, je ne peux pas le trahir.

MARC :
— Je ne vous le demande pas non plus. Je vous demande

juste de veiller à l'application stricte des lois de la guerre...

MILLER :
— Mais nous ne sommes pas ennemis !

MARC :
— C'est ce qui vous trompe. Même si nous n'approuvons pas toujours la politique américaine, nous ne sommes pas ennemis de l'Amérique, en effet. Mais vous avez pu constater que Lennox nous considère comme ses ennemis personnels et qu'il abuse de sa position dans l'US Army pour régler ce compte privé. C'est là que je compte sur vous.

MILLER :
— Vous pouvez, Marc. Je vous en donne ma parole.

MARC :
— Merci Miller. Allez-y maintenant. Il va s'impatienter... Adieu ! Peut-être nous rencontrerons-nous un jour à Paris ?

MILLER :
— Autour d'une bonne bière ? Ce sera avec plaisir, Français ! Good luck !

Sur un signe, la corde retombe. Le sergent glisse le coffret d'ivoire dans sa poche et remonte à la surface. Quelques minutes plus tard cinq jerricans en plastique atterrissent au fond du gouffre. La corde suit, mais... toute la corde, en totalité. Marc explose :

MARC :

— L'enfoiré !... Ah ! Le fils de chien ! Il a bien rejeté la corde comme promis, en effet, mais sans l'attacher ! Que je suis con ! Mais que je suis con ! Il ne faut jamais faire confiance à ces types-là !

On entend le ronronnement du Hummer qui démarre et qui s'éloigne.

FAHD :
— Eh bien voilà, Messieurs ! Première manche à Soleil Noir ! Il nous reste à faire un peu de marche à pied ! Avant de tenter l'escalade, je propose qu'on attende un peu que le soleil baisse sur l'horizon ?...

MARC :
— Je pense à autre chose... J'aurais dû y penser avant !

BOB :
— À quoi Marc ?

MARC :
— Certes, la situation a évolué en notre défaveur pour l'instant, mais nous avons maintenant quelques avantages que nous n'avions pas dans le Krak lorsque j'ai été pris et que vous étiez au fond du puits... Nous sommes cinq et nous disposons d'un peu de matériel... Faisons l'inventaire !

Outre les Jerricans balancés de la surface, on fait l'inventaire des sacs : cinq torches électriques, une trousse d'urgence, un Colt, un M16, un couteau de commando, une épée, un rouleau de fil de fer, des pitons et des gougeons d'ancrage, des harnais d'escalade, deux solides cordes de cinquante mètres chacune et une pelote de cent mètres de ficelle, trois téléphones portables, des provisions de bouche et quelques médicaments...

KARIM :

— Et une dizaine d'épées rouillées, autant de cottes de mailles et de casques, et deux bourdons de chêne massif en parfait état d'un mètre quatre-vingt chacun, avec pommeaux ciselés ! C'est l'inventaire de Prévert ! Youpi ! Y a de la joie ! On va pouvoir monter une brocante ! Toutes nos pièces sont garanties d'époque, Mesdames, Messieurs !... Désolé pour le clou de notre vente, mais le Lacet de Mahomet a déjà été réservé !...

BOB :
— Hein ? D'où tu sors tout ça ?

KARIM :
— Ben, de nos petits copains, là-bas !... Ah ! C'est vrai ! On n'a pas eu le temps de vous les présenter...

Tout s'est passé si vite depuis l'arrivée de Bob et Tommy que ces derniers n'ont pas encore appris la macabre découverte des squelettes et de leurs accessoires. On la leur raconte et on les emmène devant les ossements. Immédiatement, Tommy s'évanouit !

MARC :
— Merde ! Qu'est-ce qui lui arrive ?... Il n'est pourtant pas blessé gravement ! Juste quelques égratignures...

On donne des claques au jeune homme, Fahd lui fait une injection. Il revient à lui doucement...

BOB :

— Ce n'est pas cela. Voilà deux heures qu'il me fait une crise d'angoisse aiguë. Comme vous vous en êtes rendu compte tout à l'heure, il supporte très mal cet endroit.

KARIM :
— C'est pourtant vachement beau !

BOB :
— Pour toi peut-être, mais lui ne supporte pas d'être ici. Il a une trouille bleue d'y mourir...

TOMMY : Se redressant, Tommy désigne l'un des squelettes. Il pose la main sur ce qui reste de la cage thoracique du malheureux.
— Je viens de comprendre pourquoi, Bob ! Ça va mieux maintenant... C'est moi, là ! J'ai été cet homme ! Je suis déjà mort ici !

KARIM :
— C'est celui qui tenait le Lacet d'Argent !

TOMMY :
— Absolument ! Le Lacet d'Argent du Prophète... J'en étais le gardien attitré, et c'est cette image qui me hantait tout à l'heure sans que je parvienne à la comprendre !

BOB :
— Tu en étais le gardien ? Tu peux nous en dire plus là-dessus ?

TOMMY :
— Oh ! Je connaissais son histoire par cœur et je m'en souviens maintenant comme si c'était hier !...

131

« *En 1118, les neuf premiers Templiers sont hébergés sur les ruines de l'antique Temple de Salomon, détruit depuis longtemps et à l'emplacement duquel les Musulmans ont construit la magnifique mosquée d'Al-Aksa. Ils y restent près de dix ans, à fouiller les ruines et les souterrains. Ils y trouvent les choses que vous savez et qu'ils rapporteront plus tard en Occident. Mais presque quatre siècles se sont écoulés depuis l'Hégire et ce lieu est sacré pour les trois religions. Ils y trouvent donc aussi des reliques musulmanes.*

*Fidèles à leur éthique, les Templiers rapportent les reliques chrétiennes aux Chrétiens, celles judaïques aux Juifs, et ils comptaient bien rendre les musulmanes aux Musulmans dès que ce serait possible. Le fameux Lacet du Prophète faisait partie de ces trouvailles. On en avait perdu la trace deux siècles avant en Iran, et il était retrouvé à Jérusalem.* »

BOB :

— Mais comment est-il parvenu ici ? Et pourquoi étaient-ce les Templiers qui le gardaient ?

TOMMY :

— J'y viens !...

« *Il fallut toutefois quelques années avant que s'établissent des relations cordiales entre les Templiers et certains Musulmans, notamment les Ismaélites du Vieux de la Montagne.... On garda donc précieusement l'objet. En fait, il fallut attendre l'accession de Nour-El-Din au sultanat de Syrie, vers 1150, mais celui-ci se montra aussitôt extrêmement intéressé par ce trésor. Il faut dire qu'il était kurde de naissance et que, politiquement, cette restitution confortait son pouvoir sur tout le monde islamique, du Caire à Damas et jusqu'à Téhéran. Il confia l'affaire à un jeune prince nommé Saladin* »

BOB :

— C'est compréhensible, mais pourquoi confier cette relique aux Templiers ?

TOMMY :

— Un peu de patience que diable ! Laissez moi réserver mes effets !...

« *Vous savez que Saladin fut considéré comme le grand rassembleur de l'Islam. Or, ce fameux « Lacet du Prophète » était l'objet des plus vives revendications entre les Sunnites et les Chiites, et chaque parti le réclamait. Pour ne pas paraître favoriser l'une ou l'autre faction, Saladin ne savait trop comment faire... Puisque les Templiers — pour qui il avait le plus grand respect - s'étaient avec honneur acquittés de sa garde jusque là, et qu'ils étaient officiellement les protecteurs des chemins de pèlerinage, il eut l'idée de leur demander de continuer de remplir cette mission en toute équité pour tous les croyants, qu'ils fussent Chrétiens, Juifs ou Musulmans !*

*Pour cela, il leur concéda ce territoire pour y bâtir un lieu d'accueil fortifié sur la grande route de commerce de l'époque, ouvert à tous sans restriction d'origine ou de religion afin que chacun puisse s'y recueillir en paix !... C'est ainsi que fut élevé ce Krak, en plein milieu des territoires contrôlés par Saladin et pendant plus d'un siècle personne jamais ne s'y attaqua, jusqu'au déferlement des Mongols en 1293. C'est à cette date que je suis mort, avec mes frères ici présents ! Face à cette vague de milliers de Mongols, nous avons été contraints à la reddition et le Krak a été évacué de toute sa population habituelle. Un chevalier occitan fut chargé de consigner l'emplacement de ce Krak qui, hormis du pape lui-même, était inconnu de l'Occident. C'est certainement ce chevalier qui a rédigé le manuscrit trouvé dans la chapelle. Et nous sommes restés seulement une poignée d'entre nous dans la forteresse, sans aucun espoir de pouvoir la défendre et sans espoir d'en sortir non plus par la route normale. Pour échapper à leur fureur en sauvant les reliques, la seule issue restante était le puits. Mais nous avions oublié d'emporter avec nous de quoi escalader la sortie... Nous avons essayé et réessayé jusqu'à épuisement de nos forces. Nous nous sommes finalement éteints les uns après les autres, de fatigue et de faim.* »

FAHD :
— Quelle triste histoire !

BOB :
— Triste histoire ? Non ! Triste fin, mais pas triste histoire !... Histoire magnifique au contraire !... Je trouve extraordinaire pour l'époque cette attitude carrément œcuménique de Saladin ! C'était vraiment un grand prince ! Et pour nos ancêtres Templiers, d'avoir accepté cette mission, c'est un grand honneur dont je me sens flatté à travers le temps !

MARC :
— Tu as parfaitement raison, Bob. C'est un grand honneur !... et à ce propos Messieurs, je propose que nous rendions cet honneur à nos frères d'antan !...

BOB :
— Dire que personne avant nous n'a jamais su ce qui leur était advenu !... Nous ne sommes pas à quelques minutes près ! Je suis d'accord... Les pauvres n'ont pas même eu droit à une prière !

TOMMY :
— Si !... À part le dernier et moi-même, les autres ont reçu la consolation. J'étais prêtre. Je la leur ai donnée. Mais le

dernier après moi aura dû se fermer les yeux tout seul pour attendre la mort. Son nom était Philippe, souvenons-nous en, Messieurs ! Philippe Delange. Dieu ait son âme !

Marc sursaute.

MARC :

— DELANGE ?!! tu as dit DELANGE ?...

TOMMY :

— Oui, c'est ça. Philippe Delange. Un brave. Tu lui ressembles un peu d'ailleurs, c'est drôle...

MARC :

— Ce n'est pas étonnant ! C'était mon ancêtre ! On a laissé tomber la particule à la Révolution, mais l'histoire de ma famille remonte aux croisades... Lequel était-ce ?

TOMMY :

— Je suis navré Marc, c'est Lui !

Tommy désigne un tas d'ossements épars. Appuyé sans doute contre la paroi, le squelette n'a pas résisté à la pesanteur et s'est effondré. L'homme a dû effectivement mourir en dernier, seul, et il ne restait personne pour l'allonger dans la position des gisants.

MARC :

— Mon dieu ! Que ça a dû être dur pour lui !... Aidez-moi les amis. Faisons-le reposer auprès des autres, et accordons-leur quelques minutes de recueillement, je vous en prie...

Après avoir allongé les restes auprès des autres, Tommy

attrape un morceau de calcaire et dessine par terre un pentacle de Salomon. Les cinq Templiers modernes se lavent les mains dans la rivière, puis, se donnant la main, forment alors un cercle et prient en silence.

Se produit alors un événement aussi étrange qu'inattendu : Les gouttes miroitantes se multiplient soudain, amplifiant leur musique céleste dans la cathédrale souterraine. Au dehors, la pluie s'est mise à tomber comme si le ciel entier pleurait !...

## 37

**Intérieur jour :** Boston. Le QG de Soleil Noir

GAUTHIER :
— Éminence ! Éminence !... Ça y est ! Nous l'avons !

SON ÉMINENCE :
— Nous avons quoi ?

GAUTHIER :
— Eh bien... L'objet en question, Éminence. Lennox a réussi ! Vous ne voulez pas savoir ce que c'est ?

SON ÉMINENCE :
— Et comment !... Alors, qu'est-ce que c'est, Gauthier ? Je vous le demande ...

GAUTHIER :

— Vous n'allez pas le croire ! C'est un lacet ! Un simple lacet !... Tressé de fils d'argent d'accord, mais un simple lacet de babouche !

SON ÉMINENCE :

— Mais de la babouche de qui, Gauthier ?

GAUTHIER :

— De Mahomet, bien sûr !

SON ÉMINENCE :

— Ah ! Bien sûr !... Voilà pourquoi ils tenaient tant à récupérer cette relique ! Cette fois, on les tient ! C'est la preuve ! La preuve de leur félonie !... Et Lennox a réussi à leur subtiliser ?

GAUTHIER :

— Oui, oui ! Et il les a laissés au fond d'un gouffre inaccessible ! Ceux-là au moins, ils ne sont pas prêts de revoir le jour ! Il paraît qu'ils étaient cinq en fin de compte. Pas trois comme on croyait au début.

SON ÉMINENCE :

— Bravo Lennox ! Joli coup ! Ce sera toujours autant de moins dans nos pattes. Félicitez-le de ma part, Gauthier ! Soulignez bien, hein ! DE MA PART... Il y sera sensible, c'est un garçon qui aime les honneurs...

GAUTHIER :

— Que faisons-nous de la chose, Éminence ?

SON ÉMINENCE :

— Je la veux ici même demain matin ! Qu'il se débrouille pour me l'envoyer par Fédéral Express. Il doit bien y avoir une antenne en Irak avec tous ces Américains sur place... Mais dans la discrétion, Gauthier ! Dans la discrétion, toujours !

GAUTHIER :

— Entendu Éminence ! Je lui fais part immédiatement de vos désirs...

SON ÉMINENCE :

— Parfait !... Parfait, parfait, parfait !... Ah ! Je voulais vous demander Gauthier... Cette fille à Paris... Combien nous coûte-t-elle exactement ?

GAUTHIER :

— On lui a promis vingt mille dollars, Éminence. Mais l'enlèvement de la gamine risque de saler la note... Elle a dû prendre un complice pour garder la planque...

SON ÉMINENCE :

— Pas plus de trente mille, Gauthier ! Au-delà on efface tout !

GAUTHIER :

— Hum, vous voulez dire... la gamine aussi ?

SON ÉMINENCE :

— Evidemment, Gauthier ! Vous connaissez les règles. Jamais de traces dans la société civile !

GAUTHIER :

— Mais c'est que cette gamine n'est pas n'importe qui, Éminence ! Elle est la propre fille d'un gars d'en face... Habituellement, nous nous épargnons les uns les autres, dans la mesure de l'utile et des circonstances...

SON ÉMINENCE :

— Et alors ? Vous croyez qu'il nous en sera reconnaissant si on épargne sa gosse ?

GAUTHIER :

— Reconnaissant, je ne crois pas Éminence, mais je suis sûr qu'il verra rouge si on l'efface. Nous aurions plus d'intérêt à la lui rendre saine et sauve, au moins pour préserver la suite. Je n'ai aucune envie de me retrouver face à lui s'il devait la pleurer... Les gens ordinaires ne savent pas de qui se venger mais là, c'est différent !...

SON ÉMINENCE :

— D'accord, mais depuis qu'il a mordu à notre premier chantage, il ne peut pas revenir en arrière pour demander l'assistance des siens, il vient tout juste de les trahir ! Il est coincé maintenant ! Vous le voyez aller faire pleurer sur son sort ?... Vous imaginez ça, vous ?...

Pour moi, si on ne lui rend pas sa fille il finira par se suicider, et ce sera autant de gagné !

Ils ont de plus en plus de mal à recruter depuis une vingtaine d'années... Enfin ! Faites comme bon vous semble, Gauthier, mais que ça nous coûte le moins cher possible ! L'obtention de ce document n'a plus tellement d'importance par rapport à l'objet en question... L'important c'est ce Lacet... Je le veux au plus vite !

## 38

**Intérieur jour :** Paris, le quartier du Marais.

LORENZO :
— Saxe !... Viens voir !... Assieds-toi !... Tu devrais écouter ceci !

SAXE :
— Qu'est-ce que c'est ?

LORENZO :
— Je ne devrais pas te le dire vu que ça concerne une autre branche, mais je crois que ça touche à ton enquête sur Manuel... Ça y répond entièrement même. Tiens, écoutes la fin, c'est ça qui t'intéresse !

Lorenzo passe à Saxe la fin du dernier fichier d'écoute parvenu de Boston.

SAXE :
— Merde alors ! Ils parlent de la gamine de Manuel, non ?

LORENZO :
— Le pauvre ! Je ne voudrais pas être à sa place ! Il ne peut rien dire, il est coincé !... Est-ce que tu trahirais, toi, si on t'enlevait ton fils ?

SAXE :

— Hum... J'ai un réseau et des arguments frappants pour contrer les salopards qui tenteraient ça, mais en fait, on ne sait jamais... Mis devant le fait accompli, qui peut savoir ?...

LORENZO :

— C'est quand même un comble ! Depuis des siècles, nous protégeons les gens des sectes et des dictatures de toutes sortes, et nous ne sommes pas foutus de protéger nos propres familles d'une simple garce !

SAXE :

— Qu'est-ce que tu veux ! On se fait toujours avoir par nos points faibles ! Manuel était trop seul depuis qu'il a perdu sa femme...

LORENZO :

— Et une fois l'hameçon avalé, impossible de s'en défaire !

SAXE :

— Il ne mérite pas ça ! Je m'en vais te lui retirer, moi, cet hameçon ! Le Commandeur est au courant ?

LORENZO :

— Pas encore. Je t'ai réservé la primeur, mais il va falloir que je lui dise, je ne peux pas faire autrement. Il passe dans la soirée.

SAXE :

— Laisse-moi quatre heures d'avance...

LORENZO :

— Ça va ! Bon courage !

## 39

**Intérieur jour :** Quartier de la Bourse, près du café de la veille.

SAXE :

— José, écoute-moi bien. On se poste comme prévu derrière le café et on guette la Ford de la fille. Normalement, si le rendez-vous est à la même heure qu'hier, elle devrait se pointer dans moins d'un quart d'heure. Dès qu'elle est là, tu la bloques avec ma bagnole, comme si tu n'en avais rien à foutre de bloquer la circulation pour décharger un colis. Naturellement, elle va descendre de voiture pour gueuler, tu connais les femmes !... Pendant que tu l'occuperas, je me glisserai dans sa bagnole et je me planquerai sur le plancher de la banquette arrière. Dès que j'y suis, tu lui lâches la grappe. Compris ? Tu peux risquer le coup ?... Ne rate pas, hein ! Je suis sûr que cette meuf est armée !

JOSE :

— Ça roule ! Tu vas voir... Et après, je fais quoi ?...

SAXE :

— Après, tu la filoches en bagnole. Essaie de ne pas te faire repérer, mais bah, si tu te fais semer, pô grave, elle n'imaginera jamais qu'elle est aussi filée de l'intérieur.

JOSE :

— Pourquoi ne pas lui coller un mouchard tout bêtement ? On la suivrait au scanner...

SAXE :

— Non. C'est moins risqué, d'accord, mais c'est aussi moins sûr. Si on la perd, on perd aussi du temps à la retrouver. On n'a que quatre heures devant nous pour sauver la gamine de Manuel... Qu'est-ce que je dis quatre heures ? Plus maintenant ! Il nous reste 200 minutes ! Tiens, voilà les clés, prend le volant. Je vais me mettre sous le porche, là.

Quelques minutes plus tard, la Ford arrive et se gare sur l'emplacement réservé aux livraisons. La fille reste au volant et attend devant la porte arrière du café. On voit bientôt sortir Manuel, très énervé, qui s'assoit sur le siège passager. José arrive avec la commerciale et se gare en bloquant la Ford. Il ouvre le haillon arrière et commence à sortir des colis qui s'éventrent sur la chaussée. Il les ramasse et les transporte consciencieusement jusqu'au trottoir, et pénètre dans le café comme s'il allait faire signer un bon de livraison. Il va tout bêtement s'accouder au comptoir ! Il prend le temps de boire une bière. Cinq minutes passent. Enfin, la fille n'en peut plus ! Elle descend de voiture, frémissante d'impatience et de colère et rentre dans le bar...

Saxe bondit de sa cachette et ouvre la porte conducteur de la Ford, un Beretta à la main. Manuel est éberlué de le voir. Craignant que Saxe ne vienne pour lui, il commence à bégayer une excuse :

MANUEL :

— Saxe ! Mais qu'est-ce que tu fais là ? Depuis quand l'Ordre s'intéresse-t-il à la vie privée des frères ?

SAXE :

— Te fatigue pas, Manuel ! On sait tout ! Ferme-la et laisse-moi faire. Ce soir, ta gamine sera libre !

MANUEL :

— Ah !... Vous savez tout ?... Vraiment tout ?...

SAXE :

— Evidemment ! Qu'est-ce que tu crois ? Tu nous trahirais sans qu'on réagisse ?... Rassure-toi, on a tout compris et toutes les preuves pour te blanchir... Mais pour l'instant ta gosse est en danger et tout ce qui compte, c'est de la sortir de là !... Fais semblant de rien.

Saxe se cache dans le coffre de la Ford. La fille ne tarde pas à revenir en rouspétant, accompagnée de José qui remonte dans la commerciale et dégage le passage. Manuel discute encore une minute avec elle.

MANUEL :

— Ce n'est qu'une gosse, je ne veux pas qu'elle soit perturbée par cette affaire ! Tu m'entends, Christiane ?

CHRISTIANE :

— Sois tranquille, Manuel ! Elle n'a pas encore compris qu'elle était retenue malgré toi. Pour l'instant, elle pense que tu es en voyage et que tu me l'as confiée pour quelques semaines de vacances. Mon copain a aussi une fille. Elles s'amusent bien ensemble. Pas de problème de ce côté-là. Mais il nous faut vite ce document, sinon !...

MANUEL :

— Pas question ! Je veux être sûr qu'elle est encore vivante et bien traitée ! Je ne ferai rien de plus pour vous tant que je n'en aurai pas la preuve !... Je connais vos méthodes... Si tu me rapportes une vidéo d'aujourd'hui, je ferai peut-être un pas de plus, mais dis à tes commanditaires que j'exige la garantie que ce sera bien la dernière fois. Il n'est pas question de céder au chantage toute ma vie !

CHRISTIANE :

— Ha ! Ha ! Ha !... Une garantie ?!... Qu'est-ce que tu veux comme garantie ? Tu rêves complètement mon petit Manuel ! Quand on est traître une fois, on l'est pour la vie, il faudra te faire une raison ! Tu ne t'imagines pas qu'ils vont te lâcher comme ça ?

MANUEL :

— Vous ne retiendrez pas ma gosse toute la vie !

CHRISTIANE :

— Mais on n'en aura plus besoin, mon petit Manuel ! Dès que tu seras assez mouillé, on te tiendra toi ! Sois sage et bien obéissant, c'est ta meilleure garantie pour revoir ta fille.

MANUEL :

— Salope ! Bande de criminels ! Mais ça se paiera un jour, tu peux me croire ! Ne fais surtout aucun mal à ma fille, ou je te jure que je te tuerai de mes propres mains !

CHRISTIANE :

— C'est ça, mon petit Manuel... Hou là là, ce que j'ai peur !... Tu auras ta vidéo ce soir. Je veux le document demain ! N'oublie pas, sinon...

Manuel descend en claquant la portière, et la fille démarre.

# 40

**Extérieur jour :** Un coin de banlieue parisienne. La voiture s'arrête devant un pavillon qui a pu dans un passé ancien être considéré comme cossu. L'endroit ne respire ni la richesse ni la joie, pourtant, on entend des rires d'enfants qui doivent jouer derrière la maison... Christiane descend et ouvre la grille. Un grand bellâtre blond vient à sa rencontre.

CHRISTIANE :
— Comment vont les filles ?

YVAN :
— Tu ne les entends pas ? Elles s'amusent comme des folles dans la piscine en plastique.

CHRISTIANE :
— Très bien ! Va me chercher le caméscope et donne ce journal à la môme.

YVAN :
— Tu veux faire une cassette ? Il fait des difficultés ?

CHRISTIANE :
— Mets-toi à sa place !

YVAN :

— Sûr ! Il ne doit plus être si fier de t'avoir sautée !

CHRISTIANE :
— Ça non ! Il en est même à menacer de me faire la peau si la gamine avait un malencontreux accident...

YVAN :
— Bah ! Ça n'arrivera pas !... Et puis, on s'en fout ! Il ne sait rien de nous. Comment pourrait-il te retrouver ?

CHRISTIANE :
— Hey !... Il ne faut pas le prendre pour un cave ! Ce type est plus malin que je ne pensais. J'ai eu la nette impression d'être suivie tout à l'heure. J'ai dû faire quelques détours pour semer mon curieux. Un type seul dans une Citroën commerciale. Ce n'était sûrement pas un flic mais je suis sûre qu'il en a parlé à quelqu'un... Un détective privé ou quelque chose comme ça...

YVAN :
— Mais tu l'as semé, bien sûr ?... Telle que je te connais...

CHRISTIANE :
— Bien sûr ! Ce n'est pas à une vieille guenon qu'on apprend ces grimaces là ! Pauvre Manuel ! Il va être déçu...

YVAN :
— Ooo Oo Oo Yooo Yooo ! Viens par ici ma belle Chita ! Je vais te faire Tarzan !

CHRISTIANE :
— Pas le temps ! Va vite me chercher ce caméscope et éloigne ta fille sous un prétexte quelconque. Je ne veux pas

de détails reconnaissables, encore moins faire une photo de famille !

YVAN :

— Ça va ! J'y vais, j'y vais... Si on peut plus s'amuser !...

CHRISTIANE :

— On s'amusera autant qu'on voudra quand on aura le fric ! Pour l'instant, il faut jouer serré.

Le type blond rentre dans la maison. Christiane fait le tour par derrière et va plaisanter avec les filles. Le coffre de la Ford se rouvre avec précautions. Saxe jette un coup d'œil aux environs. C'est calme. Il descend et file jusqu'à la porte d'entrée de la maison qu'il ouvre sans bruit. Il se glisse à l'intérieur.

## 41

**Intérieur jour :** Le pavillon de banlieue. Très ordinaire avec l'escalier pour l'étage dans le vestibule et une porte de cave dessous, à côté de la porte du jardin sur l'arrière. Saxe observe un instant les deux enfants qui jouent, et écoute, tous ses sens en alerte. Des pas proviennent de l'étage. Le type doit être en haut. Saxe jette un œil sous l'escalier dans l'entrée de la cave.

SAXE, parlant pour lui-même :

— Ouais ! Ça ne respire pas l'opulence là-dedans ! Voyons un peu ce qu'il y a ici...

Il ressort avec des sacs et un balai. Tout en surveillant ce qui se passe dans le jardin, il guette les pas de l'autre en haut. Lorsqu'il les entend allègrement attaquer la descente, il passe le manche dans les balustres. L'autre se le prend en plein vol et le caméscope atterrit sur le tapis, juste avant le menton du blond. Un atémi derrière la nuque pour assurer, et la voie est libre. La chute a fait un peu de bruit. Christiane s'en inquiète.

CHRISTIANE :
— Ça va chéri ? Tu trouves ?

Une voix contrefaite répond :

SAXE :
— Tarzan pas trouver ! Chita venir !

CHRISTIANE :
— Ah ! Ces hommes ! Mais qu'est-ce que vous feriez si nous n'existons pas ?...

Christiane rentre dans la maison. Elle n'a pas le temps de réagir. Un sac de jute lui tombe sur la tête, une main solide se pose sur sa bouche. Elle est aveugle et muette. Elle se débat, grogne, griffe où elle peut, mais est bientôt maîtrisée, ligotée et bâillonnée sur une chaise dans la cuisine, toujours la tête dans le sac. Le blond est au même régime sur la chaise d'à-côté lorsqu'il reprend conscience. Saxe cherche dans ses papiers...

SAXE :
— Voyons un peu... Yvan Sarkowikz, nationalité polonaise, 38 ans, profession : artiste ?... Ben mon vieux,

tu ne dois pas être très doué, ça ne respire pas la réussite ici ! Ah ! 28 rue Pasteur à L'Hay les roses... C'est ici ça ? Réponds !

Un signe de tête affirmatif apprend à Saxe où il se trouve. Il prend son téléphone tout en surveillant les gamines qui jouent innocemment dehors.

SAXE :
— Allo, Manuel ? C'est moi ! José est avec toi ?... C'est vrai, tu ne le connais pas. Le jeune brun qui est en bas de chez toi dans une Citroën commerciale. Ecoute ! Tu sautes dans la bagnole et vous arrivez !... 28 rue pasteur, à l'Hay les roses... Je vous attends. On a de la marchandise à emballer. Ta fille est magnifique, mon vieux. Elle va très bien rassure-toi, mais elle ne me connaît pas, je ne veux pas la perturber en la ramenant de force. Magnez-vous !...
(Il raccroche.)
À nous maintenant ! Alors, comme ça, vous vouliez des documents ?... Peut-on savoir pourquoi et ce que vous vouliez en faire ?...

Silence.

SAXE :
— Vous ne voulez pas répondre ?... OK, on va changer de méthode.

Saxe avise un robot ménager sur la paillasse de la cuisine. Il le branche et le met en marche. On reconnaît nettement un moulin à légumes avec le bruit du couteau au fond de la vasque en plastique. Il casse la vasque, débraille la poitrine de Christiane et lui pose dessus le froid contact du couteau nu du mixer. Elle étouffe un gémissement.

SAXE :

— Je répète la question plus clairement ! Pour qui travaillez-vous ?... Je vais commencer par toi. Réponds Chita ! Dépêche-toi, j'ai la main qui tremble, ça pourrait partir tout seul !... C'est sûr, tu aurais beaucoup moins de charmes après... Mais tu sais, on s'en remet ! Tellement de femmes utilisent la chirurgie esthétique de nos jours...

CHRISTIANE :

— Je vous en prie, ne m'abîmez pas ! Vous n'êtes pas un sadique... Si vous me trouvez belle, servez-vous, mais ne m'abîmez pas !

SAXE :

— C'est une idée, je vais y réfléchir chérie, mais pour l'instant tu me dis ce que je veux savoir, ou bien...

Il recule l'appareil et le fait vrombir à quelques centimètres du sein. Elle recule...

CHRISTIANE :
— Arrêtez ! Je vais tout vous dire !...

SAXE :
— J'en étais sûr, la belle ! Je t'écoute !

CHRISTIANE :
— Vous n'allez pas me croire !

SAXE :

— Dis toujours, plus rien ne m'étonne !

CHRISTIANE :

— J'ai été contactée par un prêtre...

SAXE :

— Jusque là, rien d'étonnant. Une fille comme toi doit avoir beaucoup de choses à confesser...

CHRISTIANE :

— Je veux dire un vrai prêtre...

SAXE :

— J'avais compris. Continue.

CHRISTIANE :

— C'était un genre de missionnaire, un type chargé de prêcher chez les prostituées. Oui, j'en étais une il y a encore quelques semaines. On en voit de temps en temps qui essaient de nous sortir de la rue à coup de bondieuseries, mais celui-là avait une façon étonnante. Il m'a accroché, je ne sais pas pourquoi. Bref, il m'a expliqué qu'il dépendait d'une branche spéciale de l'église.... Pas une secte, hein ! que je lui ai dit. Non, non, qu'il m'a répondu, pas une secte, une branche de l'église de Rome mais une section ancienne et peu connue, un peu comme les Jésuites, organisée avec un général et tout... Vous connaissez les Jésuites ?

SAXE :

— Oui, je connais les Jésuites ! Mais ça n'est pas eux, n'est-ce pas ? Continue !

CHRISTIANE :

— Je vous la fais en raccourci, mais ça a duré longtemps avant que je me décide. Au bout de quelques semaines, il m'a dit que ma personnalité les intéressait, qu'ils envisageaient de me confier une mission dans mes cordes pour éprouver ma foi... Moi je laissais dire... Je me méfie un peu des mecs qui portent des robes, mais s'il y avait une affaire à faire, pourquoi pas ?

SAXE :

— Et alors ?

CHRISTIANE :

— Alors ? Eh ben il m'a montré un jour votre copain en me demandant de le séduire. Moi je m'en suis étonnée sur le coup, mais il m'a expliqué que c'était une chose normale, comme un genre d'épreuve d'entrée. Que tout ce qu'on raconte à l'église c'est pour les ploucs, mais que les curetons, eux, s'en donnent à cœur joie !... Dans le fond, ça m'étonnait pas beaucoup, vu que Richelieu ou Talleyrand étaient mariés et ils ne se gênaient pas, hein ! Des évêques... Quand même !

SAXE :

— Hum... Oui... Certains peut-être, mais là n'est pas la question !

CHRISTIANE :

— Bref, il voulait éprouver votre copain avant de le recruter. Et pour ça, ils avaient besoin de moi. D'un sens, c'était plutôt flatteur...

SAXE :

— Je t'accorde que tu es appétissante, même pour un

religieux, mais tout ça ne me dit pas pourquoi, après avoir séduit Manuel, tu as enlevé sa fille ?.. ni ce que tu voulais faire de ces documents ?

CHRISTIANE :

— D'abord, j'ai pas enlevé la fille de Manuel ! Je ne suis pas une criminelle ! Elle était en vacances, je l'ai prise en pension pour une semaine. Elle s'amuse bien avec celle d'Yvan. Et ces documents, c'est pas moi qui en ai eu l'idée ! C'est encore ce curé de merde ! Il m'a promis vingt mille dollars ! Au début ça se passait en douceur, mais Manuel a rechigné à donner ce qu'ils voulaient. Sa gamine, il me l'avait confiée de lui-même. C'est seulement depuis deux semaines que j'ai reçu l'ordre de lui faire croire que je la gardais contre les documents. C'était un simple scénario. Ça m'a fait mal de lui jouer ce numéro là, parce que dans le fond je l'aime bien Manuel. Je l'ai fait souffrir beaucoup, je sais, mais c'est pas tous les jours qu'on vous offre vingt mille dollars, et je savais que la gamine était bien traitée... C'était pas comme un vrai enlèvement... Juste une mauvaise farce, en somme...

SAXE :

— J'ai vu ça. Il t'en sera tenu compte. Tu n'es pas une mauvaise fille en somme. Juste un peu trop vénale, hein ?

CHRISTIANE :

— Il parait que Manuel est un spécialiste du latin ancien. C'est pour ça qu'ils voulaient le recruter, parce qu'il traduit des manuscrits...

SAXE :

— C'est vrai, mais pourquoi lui demander d'en voler ?

CHRISTIANE :

— Ben tiens ! parce que les caves du Vatican sont hermétiques même pour les curés !

SAXE :

— Mais ça ne t'a pas semblé étrange, cette manière de faire ? Et tu as vraiment cru que Manuel travaillait pour le Vatican ?

CHRISTIANE :

— C'est pas le cas ? C'est ce que l'autre m'a dit... Il paraît que ces documents valent très cher ! On m'a promis vingt mille dollars quand je les aurais...

SAXE :

— Ma pauvre ! Tu t'es fait avoir ! Tu aurais reçu vingt ou trente mille balles oui ! Je veux dire une rafale de balles, le contenu d'un chargeur ! Et autant pour tout le monde ici !

CHRISTIANE :

— Vous êtes sérieux ?... Merde !... C'était trop beau, un tel cadeau du ciel !

SAXE :

— Où peut-on trouver ce prêtre si compréhensif ?

CHRISTIANE :

— Dans le quartier de la Madeleine. Il est souvent à rôder autour des michetons là-bas. Un grand brun sec, la figure émaciée, toujours en soutane. Mais dans le fond, il est sans doute autant curé que moi je suis Sainte Nitouche, non ?

SAXE :

— Qui sait ? Tout est possible !...

Un bruit de freins. Saxe jette un coup d'œil à la fenêtre. C'est Manuel et José qui arrivent. Ayant les renseignements voulus et la gamine étant sauve, Saxe libère les deux fripouilles.

SAXE :
— Vous êtes propriétaires ici ?

CHRISTIANE :
— Locataires... Pourquoi ?

SAXE :
— C'est mieux pour vous. Je vous conseille de changer de coin en vitesse ! Quand les autres comprendront que vous avez échoué, ils ne vous feront pas de cadeau ! Nettoyage par le vide ! Trouvez-vous vite un autre jardin pour planter votre piscine en plastique et changez de numéro de téléphone ! Allez ! Voilà Manuel qui arrive. Je vous laisse à ses bons soins... Bonne journée, Chita !

**41**

**Intérieur nuit :** Irak. la grotte aux stalactites.

BOB :

— Bon, maintenant que nous avons rendu les honneurs à nos infortunés frères, Marc, si tu nous disais à quoi tu pensais, et pourquoi cet inventaire ?

MARC :

— Oui... Je me disais que si nous choisissons de remonter ici et nous taper à pied les cent bornes jusqu'à Bagdad, Lennox nous mettrait trois jours dans la vue. Adieu le Lacet d'Argent !... Au lieu de ça, je propose qu'on retourne au Krak et qu'on essaie de remonter par le puits. Ils ne nous attendent pas par là. Nous pourrions les surprendre de l'intérieur et leur piquer un véhicule. Avec un peu de chance, Lennox y sera même revenu et nous avons une petite chance de récupérer l'objet s'il l'a toujours avec lui...

BOB :

— Pas bête ! Un peu risqué tout de même, non ? Ils sont bien une trentaine ?

MARC :

— Oui, mais ils ne nous y attendent plus. Nous avons l'avantage de la surprise. D'autre part, il fera nuit bientôt... On a des chances de les surprendre en plein sommeil vers deux heures du matin... C'est le moment le plus favorable pour une attaque surprise.

BOB :

— L'ennui, c'est pour remonter ce puits. Nous avons certes un peu de matériel mais nous ne sommes pas tous des champions d'escalade, et tu as balancé la chaîne au fond, n'oublie pas...

MARC :

— Je sais, mais à combien estimes-tu son diamètre, Bob ?

Un mètre cinquante ? Un mètre soixante, environ ?

BOB :
— Ça doit être ça, oui, mais je ne vois pas...

MARC :
— Regardez ces deux forts bourdons ! Ils mesurent combien ? Un mètre quatre-vingt au moins ? Nous allons remonter grâce à eux ! Je suis surpris que nos malheureux ancêtres n'y aient pas songé.

TOMMY :
— Nous y avions songé, Marc, mais la situation était différente. Outre que nous ne disposions pas d'un matériel d'escalade aussi perfectionné, les Américains d'aujourd'hui ne sont qu'une trentaine et beaucoup moins féroces que les milliers de Mongols qui avaient alors envahi le Krak. De plus, nous devions à tout prix sauvegarder la relique, alors que maintenant ce serait plutôt notre seule chance de la récupérer... Je suis d'accord pour tenter la chose !

BOB :
— Alors, ne perdons pas de temps et retournons au Krak Messieurs ! À marche forcée s'il le faut.

MARC :
— À marche forcée ? Attendez ! Pourquoi peiner quand nous avons une rivière à portée de la main ?

FAHD :
— Mais encore ???...

MARC :

— Avez-vous déjà fait de la nage en eaux vives ?... C'est un sport très agréable que je vous propose de pratiquer sans attendre ! Nous avons là six beaux jerricans qui ne demandent qu'à nous porter au fil de l'eau ! Nous serons arrivés bien plus vite et sans fatigue ! Vidons-les et refermons-les hermétiquement ! Ils feront d'admirables flotteurs. Nous n'aurons qu'à nous laisser flotter derrière en prenant appui dessus comme sur une planche de surf. La hauteur d'eau doit être suffisante. Bob, Tommy, puisque vous l'avez déjà pris dans l'autre sens, y a-t-il quelques chicanes dans ce couloir ?

BOB :
— Aucune ! C'est un véritable toboggan ! Pour autant que j'ai pu en juger, puisque nous avons fait une bonne partie du chemin dans le noir...

MARC :
— Mais cette fois, Fahd et Karim ont des piles neuves, allumons nos torches sans crainte. Eh bien ! Qu'attendons-nous ?... Allons-y !

La petite troupe s'engage dans le boyau. L'un après l'autre, les hommes se jettent à l'eau en s'appuyant sur leur jerrican. Malgré sa faible profondeur le courant est fort. Leurs puissantes lampes éclairant les parois, les hommes voient défiler le plafond à une vitesse croissante, qui leur paraît bientôt vertigineuse. Ils sont forcés de s'arrêter de temps en temps.

KARIM :
— Génial le toboggan ! Ça me rappelle quelque chose !...

BOB :

— Indiana Jones, dans « le Temple maudit » ?... J'espère que nous ne sommes pas les Templiers maudits...

FAHD :

— Non, non ! Vous n'y êtes pas !... Les troupes d'Assourbanipal traversant l'Euphrate ! Nos outres à nous sont de plastique, mais à part ça... Désolé pour vous mes amis ! Il est difficile d'inventer quoi que ce soit qui n'ait déjà été inventé dans mon pays !

Le retour vers le Krak est bien plus rapide que l'aller de Bob et Tommy. Moins d'une heure plus tard, ils sont au pied du puits, sous le Krak.

MARC :

— On y est Messieurs ! Même bien plus tôt que prévu. On devrait peut-être attendre une ou deux heures du matin pour intervenir ?

BOB :

— Rien ne nous empêche de monter là-haut en attendant. Nous y serons plus au sec. Qui est le plus agile et le plus léger ?... Karim ?

FAHD :
— Sans doute.

MARC :

— Alors, vas-y Karim. Tu as compris ? Pour grimper directement, on ne peut pas prendre appui sur les parois. Mais avec les deux bourdons ça devrait aller. Ils sont juste un peu plus longs que le diamètre du puits. Tu coinces les bâtons en travers l'un après l'autre, en grimpant un peu au-dessus du précédent à chaque fois. Attention ! Ça représente quelques centaines de pompes pour arriver en haut et il faut de la force dans les bras. Tu te sens capable de le faire ?... Ne te fatigue pas inutilement, prends tout ton temps !

KARIM :
— Pas de problème ! Passe-moi la corde.

FAHD :
— Non ! Tu as près de trente mètres à grimper, c'est énorme. Son poids t'alourdirait au fur et à mesure. Prends plutôt cette pelote de ficelle dans ta poche, et tu nous en jetteras le bout lorsque tu seras là-haut. On attachera alors la corde dessus et tu pourras la remonter sans peine pour l'arrimer quelque part.

KARIM :
— Ok. J'ai compris.

Karim met la ficelle dans sa poche, les autres lui font la courte échelle jusqu'à l'orifice du plafond. Un bâton après l'autre, il entame sa lente montée.

BOB :
— Il se débrouille pas mal le frangin... Prends ton temps, Karim ! Respire ! Ne va pas te couper le souffle avant d'être en haut ! Ce n'est pas un exercice en salle, tu n'as pas droit à l'erreur !

Les autres observent avec inquiétude la progression du jeune homme vers la surface. Il monte lentement mais sûrement, poussant du bout des pieds sur la paroi opposée au pommeau du bourdon sur lequel il tire pour le caler, respirant entre chaque changement d'appui.

FAHD :
— Dix mètres !... Courage Karim !

MARC :
— Tu crois qu'il aura la force, Fahd ?

FAHD :
— J'espère... C'est un garçon solide. Il a fait de l'athlétisme. Mais c'est vrai que ça fait haut, il faut arriver au bout...

À peine Fahd a-t-il exprimé ses craintes qu'un sourd grincement, suivi d'un bruit de chute se produit. Tout le monde lève les yeux. L'un des bourdons dégringole avec fracas. Karim est accroché d'une main au pommeau de l'autre et ouvre des yeux agrandis par la peur...

BOB :
— Merde ! Il n'a plus qu'un bâton pour s'accrocher ! Il va tomber !...

MARC :
— Ne t'affole pas, Karim ! Surtout ne t'affole pas !... Tiens bon et respire !... Est-ce que tu peux, de l'autre main, nous lancer un bout de la ficelle ?

KARIM :
— Vais essayer... Il faut que je déroule la pelote avec les dents... Peux pas !...

BOB :

— Il faut trouver une solution, et vite ! Il ne tiendra pas longtemps sur un seul bras...

MARC :

— Combien on a de pitons ? trente ?... Pas assez pour aller jusqu'en haut mais ça devrait suffire pour rejoindre Karim. J'y vais !

Marc enfile un harnais, passe une corde dans son mousqueton, met quelques pitons dans sa poche...

MARC :

— Un marteau ! Il me faut un marteau !

Un regard circulaire de Bob. Il remarque l'ancien tambour de bois jeté par Marc au fond du puits. Dans sa chute, la vieille manivelle s'en est détachée. Il la tend à Marc.

BOB :

— Ça ira ?

MARC :

— On fera avec !... Faites-moi la courte-échelle, il faut que j'atteigne le plafond !

Marc choisit les joints entre les vieilles pierres et enfonce un piton. Une attache rapide et il assure la corde. Puis il passe au suivant. Le temps passe. Il parvient bientôt à la hauteur de Karim.

MARC :

— Ça va garçon ?

KARIM :

— Dépêche-toi, je commence à ankyloser. Je ne tiendrai plus longtemps !

MARC :

— Tiens bon ! Encore un piton et je suis à toi...

Marc plante le dernier piton à la hauteur de Karim et encorde le jeune homme. Il était temps. Le garçon lâche sa prise et tombe un mètre en dessous. Le dernier piton lâche, mais l'avant-dernier tient le coup. Plus de peur que de mal, Karim est sauvé.

MARC :

— Ouf ! Respire, Karim ! Respire !... Tu avançais bien pourtant, que s'est-il passé ?

KARIM :

— Je ne sais pas. Quand j'ai voulu forcer le bourdon entre les parois, le bout est entré dans le mur comme dans du beurre ! J'ai été surpris ! Ça m'a déséquilibré et du coup je l'ai lâché.

MARC :
— Entré dans le mur ?!!!

KARIM :
— Je te jure !

MARC :

— Attends !... Donne la ficelle.... Eh ! En bas... Envoyez une lampe !

On attache une lampe à la ficelle. Marc la remonte et éclaire la paroi face à lui.

MARC :
— Merde alors ! Qu'est-ce que c'est que ça ?!...

Face à eux, au-dessus d'une large ouverture dans la paroi et gravée sur une pierre du puits, figure une magnifique représentation d'une lame du tarot... L'ÉTOILE !...

— Un signe intéressant en occultisme, jugea Marc. C'est le principe du futur, de l'espérance, de la protection occulte. Le don de la destinée... Et symbole des arts également. Qu'allons-nous donc trouver par là ?...

## 42

**Intérieur nuit :** Paris, le quartier du Marais, le QG templier.

SAXE :
— Commandeur, j'ai le plaisir de te faire savoir que Manuel est bien coupable... mais seulement d'amour !

LE COMMANDEUR :

— Peut-on être coupable de ça ? Explique, Saxe !

Saxe explique ce qu'il a découvert et comment il a délivré la gamine de Manuel d'un grave danger, ignoré des ravisseurs eux-mêmes.

LE COMMANDEUR :

— Je préfère ça ! Il faudra qu'on s'occupe un peu de ce pauvre Manuel. Il est trop seul. Mais au moins ce n'est pas le traître que je craignais ! Pour sa propre fille, je crois que chacun de nous en aurait fait autant, non ?

LORENZO :

— C'est ce qu'on a pensé également, Commandeur. Avec Saxe, on s'est dit que ce pauvre Manuel avait dû faire face à un choix cornélien. J'aurais probablement fait le même. Heureusement, je n'ai pas d'enfant.

LE COMMANDEUR :

— Dommage pour toi, Lorenzo. Tu ne sais pas ce que tu perds !

LORENZO :

— Ouais, ben quand je vois ça...

LE COMMANDEUR :

— Tout ça ne nous dit pas ce que voulaient faire ces gens des documents en question ? De quels documents s'agit-il d'ailleurs ?

SAXE :

— C'est là que ça devient intéressant, Commandeur ! Il

s'agissait du manuscrit original et de sa traduction par Manuel...

LE COMMANDEUR :

— Comment ? Mais il leur a déjà donné une copie de ce manuscrit ! C'est d'ailleurs pour ça qu'on les a trouvés en face de nous en Irak ! Que veulent-ils donc faire de plus avec l'original ? Ce ne sont pas des gens qui garnissent les musées !...

LORENZO :

— Ça a évidemment un rapport étroit avec le « Lacet du Prophète »...

LE COMMANDEUR :

— Sans aucun doute ! Au fait, il faut trouver un moyen d'intercepter leur transport... Saxe, c'est dans tes cordes, ça ?

SAXE :

— J'ai déjà fait le nécessaire, Commandeur ! Nos gars à l'aéroport de New-York devraient le localiser facilement chez Fédéral Express dès qu'il entrera aux US.

LE COMMANDEUR :

— Très bien ! Tiens-moi au courant au plus vite !

SAXE :

— D'un autre côté, j'ai repéré un de leurs agents à Paris, ce mec déguisé en prêtre qui se balade à la Madeleine... Je le fais surveiller de près.

LE COMMANDEUR :

— Parfait, Saxe ! Que ferait-on sans toi ?... Si tu n'existais pas, il faudrait t'inventer !

SAXE :
— Merci Commandeur !

LE COMMANDEUR :
— Où est-il, Manuel ?

LORENZO :
— Il est là, Commandeur. Il attend dans le salon.

LE COMMANDEUR :
— Va me le chercher !

Manuel entre, visiblement malheureux et penaud. Le Commandeur le regarde et lui sourit.

LE COMMANDEUR :
— Allons, Manuel ! Ce n'est pas si grave, ne fais pas cette tête ! Nous avons frôlé un drame, mais c'est fini. Il faut oublier cet épisode maintenant et penser à ta fille.

MANUEL :
— Je sais Commandeur. J'ai eu un moment de faiblesse. Ça ne se reproduira plus.

LE COMMANDEUR :
— Parlons d'autre chose ! Je voulais te voir justement à propos de ce manuscrit. Es-tu satisfait de cette traduction ?

MANUEL :

— Pas vraiment... Je n'en suis pas sûr à cent pour cent... C'est difficile Commandeur, il manque des parties importantes. Notamment la description de l'objet en question. D'ailleurs, j'ai fait depuis une rectification : c'est quelque chose de sacré, c'est sûr, comme je l'avais déjà écrit, mais ça semble aussi avoir été très important pour un certain rituel de l'Ordre. Quant à dire quoi, impossible de trouver le moindre indice sur sa nature réelle... Le manuscrit est trop abîmé.

LE COMMANDEUR :

— Est-ce qu'il te paraît plausible qu'il s'agisse de ce fameux « Lacet du Prophète » ?

MANUEL :

— Pourquoi pas ?... Quoique...

LE COMMANDEUR :

— Quoique quoi ?

MANUEL :

— Ça m'étonne que les Templiers aient eu un quelconque rituel utilisant une relique musulmane.

LE COMMANDEUR :

— Moi aussi !

MANUEL :

— Ils pourraient l'avoir eue en garde, ça c'est possible, mais pas plus.

LE COMMANDEUR :

— J'en suis bien d'accord... Pourtant, d'après ta nouvelle traduction, il s'agit d'un objet spécifiquement templier...

MANUEL :

— C'est bien ce qui me gêne dans cette histoire... Mais à défaut d'autres indications, je ne peux pas répondre pour l'instant à cette question. Il faudrait disposer d'autres recoupements.

LE COMMANDEUR :

— Ce qui m'intrigue, c'est pourquoi Soleil Noir s'intéresse-t-il à ça ?

LORENZO :

— Ils ont toujours été nos ennemis jurés. Peut-être ont-ils un indice que nous n'avons pas ?...

LE COMMANDEUR :

— Saxe, ce serait possible de faire parler ce type en soutane ? Il doit bien savoir quelque chose celui-là !

SAXE :

— Tu sais comme ils sont ! En admettant qu'il sache, il ne dira rien si on l'interroge. Ces gens là sont des fanatiques ! Mieux vaut le filer en permanence et voir à quoi ça mène... Mais ça risque d'être long...

LE COMMANDEUR :

— Je sais... Je veux pourtant comprendre pourquoi cette affaire les intéresse tant ! Et aussi comment ils en ont eu vent. Avant de piéger Manuel pour lui tirer des renseignements, ils ont forcément trouvé un début de piste qui les a mis en éveil. Ils ne sont pas tombés là-dessus par hasard !

LORENZO :

— Qui sait ? N'est-ce pas par hasard que nous sommes tombés dessus nous-mêmes ?...

LE COMMANDEUR :

— Par hasard ? Non, Lorenzo, pas par hasard... La restauration de cette vieille chapelle en Ariège nous a permis d'en découvrir la cache oubliée depuis des siècles, mais ce n'est pas un hasard. Nous y cherchions quelque chose. Sans savoir exactement à quoi ça se rapportait, nous savions qu'un document important pour nous s'y trouvait. Mais eux se foutent des manuscrits comme de restaurer des chapelles ! Habituellement, ils se foutent même complètement du passé ! Seule la domination mondiale les intéresse, les affaires de fric et leur pouvoir sur les médias pour mieux manipuler les gens ! Or, ce à quoi nous nous intéressons nous est purement culturel, et je dirai même purement interne à notre Ordre. Que viennent–ils donc faire dans cette affaire, c'est la question !

LORENZO :

— À les entendre, ils veulent se servir du Lacet d'Argent pour nous détruire ?...

LE COMMANDEUR :

— Ça ne tient pas debout ! À part eux, qui ont la même origine que nous, très peu de gens savent que nous existons. Ils ne peuvent pas s'en servir au grand jour, le grand public ne comprendrait rien à cette querelle... De plus, on peut leur reprocher des tas de choses depuis des siècles, mais jamais la trahison du grand secret qui nous lie comme des frères siamois ! Nous détruire au grand jour reviendrait à se détruire eux-mêmes ! Je ne comprends vraiment pas quel but ils poursuivent dans cette affaire !

SAXE :

— C'est qu'ils ont certainement dans la manche une carte que nous ignorons !

LE COMMANDEUR :

— Sans doute... C'est ce qu'il faut découvrir ! Saxe, à toi de jouer.

## 43

**Intérieur nuit** : Boston, le QG de Soleil Noir.

SON ÉMINENCE :

— Alors, Gauthier ? Est-ce que nous avons des nouvelles ?

GAUTHIER :

— Non Éminence, pas depuis hier soir. Lennox a dû rejoindre sa section, j'attends qu'il nous contacte.

SON ÉMINENCE :

— J'espère qu'il a bien envoyé l'objet !

GAUTHIER :

— J'en doute, Éminence. C'est un militaire, il ne peut pas rentrer à Bagdad sans raison. Ils en sont à cent miles. Il a déjà quitté son campement un jour entier sans permission, je me demande comment il va justifier cette absence auprès de son colonel...

SON ÉMINENCE :

— Faites-lui confiance, Gauthier ! Il trouvera bien une excuse. Et puis, son général ne peut rien nous refuser... Si son colon lui fait des ennuis, nous interviendrons à l'Etat Major ! Mais je veux qu'il m'envoie tout de suite la chose, vous entendez !

GAUTHIER :

— Comme vous voudrez, Éminence !

SON ÉMINENCE :

— Bon !... Avez-vous eu un appel de Djedda ?

GAUTHIER :

— Non Éminence. Vous en attendez un ?...

SON ÉMINENCE :

— Oui ! Très important ! Dès qu'il arrive, passez-le moi dans mon bureau.

GAUTHIER :

— Entendu Éminence.

**44**

**Intérieur nuit :** Le puits sous le Krak

MARC :

— C'est quoi ça, Bob ? Ce trou dans la paroi du puits ? Il était là quand vous êtes descendus, toi et Tommy ?

BOB :

— Tu penses bien que non ! En tout cas, on ne l'a pas vu, sinon on aurait regardé dedans avant de descendre plus bas...

MARC :

— Je m'en doute ! Mais comment se fait-il qu'il y soit maintenant ?

Marc éclaire un passage s'ouvrant à une dizaine de mètres du fond du puits dans le cylindre de pierre du mur. Une grande pierre basculant sur des gonds dans l'ouverture maçonnée, découvre l'entrée d'un couloir suffisamment grand pour livrer passage à un homme debout.

MARC :

— Mince ! C'est une porte ! Une porte de pierre, les gars ! Un passage secret, pour sûr ! Il a dû s'ouvrir lorsque Karim a forcé son bâton contre les parois pour s'y accrocher...

TOMMY :

— On nage en plein roman !... Et ça ouvre sur quoi ?

MARC :

— Je ne sais pas. Laissez-moi le temps d'y pénétrer, je vous dirai. Tu viens Karim ? Ça va mieux ?

KARIM :

— Ça va, je te suis...

Les deux hommes pénètrent dans ce qui s'avère être un couloir, s'ouvrant au tiers de la hauteur du puits. Taillé directement dans la roche avec, comme d'habitude, des torches accrochées aux parois. Le sol descend en pente douce.

MARC :

— Stop, Karim ! On ne va pas plus loin tout seuls. Faisons monter les autres...

Grâce aux pitons posés par Marc, les autres grimpent à leur tour facilement jusqu'à l'ouverture découverte. Quand tous sont là, ils s'encordent comme pour une randonnée en montagne.

MARC :

— En file indienne les lampes devant ! Et regardez bien où vous mettez les pieds !

BOB :

— Autour également ! Plafond, parois... On ne sait jamais d'où peut venir le danger !

Ils marchent un moment, sans encombres. Peut-être sur

trois cents mètres. Le passage tourne très régulièrement sur lui-même dans une impeccable spirale descendante.

FAHD :

— Dites, les amis, dans quoi on est, là ? Dans une coquille d'escargot ? On n'arrête pas de tourner en rond !...

KARIM :

— On dirait un labyrinthe, ou plutôt un serpentin dont l'axe vertical serait le puits.

MARC :

— Oui... Voilà près d'un quart d'heure qu'on marche là-dedans ! On a fait au moins trois cents mètres en tournant et on a bien descendu un dénivelé de trente mètres ! Ce qui fait que nous sommes en-dessous du niveau de l'aqueduc. Ça rime à quoi cette affaire ?

TOMMY :
— Bizarre, hein ?

MARC :

— Autant qu'étrange, tu peux le dire !

BOB :

— Pas si bizarre que ça... Souvenez-vous, dans nos cathédrales, il y avait aussi des labyrinthes que les fidèles empruntaient en dansant derrière le curé... C'était des labyrinthes symboliques, dessinés par terre, tandis que là nous sommes dans un vrai, c'est tout ! Si on veut savoir où il mène, il nous faut aller au bout !

MARC :

— Sacré boulot en tous cas ! Les tailleurs de pierre n'ont pas chômé pour faire un tel circuit dans le rocher !

BOB :
— Oui... C'est particulièrement étrange car on dirait un travail beaucoup plus ancien que le moyen-âge. Selon moi, il remonte probablement à la très haute antiquité. Au temps des Chaldéens ou même des Sumériens... Mais tout ça pour aller où ?

KARIM :
— Ah ! La spirale se resserre peu à peu. Je crois qu'on arrive enfin quelque part...

TOMMY :
— Par le Saint-Graal !...

BOB :
— Bon sang !...

MARC :
—Whaou ! Ça valait de déplacement, hein ?

Sous leurs yeux, d'après leur estimation à l'aplomb du puits, creusée dans le grès rouge, une large salle s'ouvre. Une pâle lumière irradie les murs. Au centre, sur ce qui ressemble à un autel, rayonne une énorme tête verdâtre, à peine plus grosse qu'une tête humaine ordinaire, grossièrement sculptée dans un matériau ressemblant à du jade... Mais une tête à trois visages !...
Ce n'est qu'un cri commun :
— Le BAPHOMET !...

177

MARC :

— Alors, comme ça c'était vrai ?!... Trois visages... La jeunesse, l'âge mûr et la vieillesse... Bah ! Au moins, on sait maintenant à quoi s'en tenir sur cette vieille légende ! Mais il n'y avait vraiment pas de quoi fouetter un chat ! Pourquoi faire un tel mystère à propos d'une sculpture somme toute plutôt disgracieuse ?...

Revenus de leur surprise, les cinq hommes s'approchent de l'autel pour voir la chose de plus près. Karim et Tommy posent la main dessus. Mal leur en prend. La tête se met à rayonner des pulsations d'une lumière intense qui leur brûle la main !...

MARC :

— Attendez avant de faire des bêtises !... BAPHOMET ou pas, ce truc n'est pas normal dans un Krak du XIIIe siècle ! Cette lumière, d'où vient-elle ?...

BOB :

— On ne nous referait pas le coup de la malédiction de Toutankhamon, par hasard ? On n'a pas apporté de compteur Geiger, malheureusement ! J'aurais bien aimé mesurer cette tête et cette lumière, mais m'est avis qu'il ne faut pas traîner ici les gars !

FAHD :

— Qu'est-ce que tu dis de ça, toi, le prêtre ?

TOMMY :

— J'en dis... J'en dis... Que je n'en dis pas grand-chose ! Ce lieu n'évoque aucun souvenir en moi...

BOB :

— Normal ! Tu étais un prêtre ordinaire ! Seuls les Grands Maîtres devaient avoir accès ici. Il fallait certainement avoir reçu une initiation exceptionnelle pour s'approcher du vrai Baphomet... le prétendu objet d'adoration tant reprochée à nos frères d'antan ne concernait qu'une reproduction de cet original...

KARIM :

— Et cette galerie d'accès en escargot est probablement étudiée pour qu'aucune émanation ni rayonnement ne s'en échappe !

FAHD :

— Sans doute ! En même temps, au fil des trois cents mètres, au fur et à mesure qu'il s'avance dedans, l'impétrant s'habitue à supporter les doses de plus en plus fortes de ces radiations, car j'imagine qu'il y en a pas mal...

BOB :

— D'où l'on pourrait conclure qu'une exposition trop brutale serait fatale.

FAHD :

— Probablement pas. Je crois que ce serpentin n'est qu'une analogie...

BOB :

— Une analogie ?... Mais une analogie par rapport à quoi ?

FADH :

— Par rapport à l'humain, au Caducée, aux forces naturelles très souvent symbolisées par le fameux dragon des légendes... La disposition de ce serpentin autour du puits me fait penser à la Kundalini qui monte le long de la

179

colonne vertébrale...

MARC :

— Kundalini ?... Késako ? Un plat de pâtes ? Un sushi japonais ?

FADH :

— Comment ! Vous ne connaissez pas ça ?... Et à quoi croyez-vous donc que serve votre tatouage au bas des reins, Messieurs ?... C'est juste pour faire joli ?

TOUS :

— .... ??!!

FADH :

— J'ai étudié ça en médecine indienne. C'est une spirale d'énergie qui monte le long de la colonne vertébrale et que l'on peut mettre en oeuvre à partir du scrotum. De là vient certainement le reproche fait aux Templiers de se porter entre frères des attouchements impudiques... Rien à voir avec l'homosexualité dont ils furent accusés.

MARC :

— Et que serait donc sensée nous apprendre cette allégorie, d'après toi ?

FADH :

— Rien moins que la révélation d'une énergie cachée. Ce qui semble bien être le cas ! Une énergie probablement autant physique que spirituelle... Ceux qui venaient ici autrefois devaient venir y chercher la Force en même temps que du Savoir.

TOMMY :

— Mais qu'est-ce qu'on va faire de ça, alors ?...

BOB :

— Rien ! Surtout Rien !... On laisse ça ici ! Que ceux qui veulent voir le Baphomet fassent comme nous, ils n'ont qu'à venir ici et parcourir eux-mêmes la Kundalini de Fadh !

MARC :

— Blague à part, a-t-on de quoi prendre des photos ?

KARIM :

— Oui. J'ai un vieil appareil et une pellicule neuve. Mais compte-tenu de ce rayonnement supposé, je crains un peu pour la pellicule argentique. Mieux vaudrait prendre des photos numériques avec nos smartphones.

BOB :

— Allez-y les gars, mitraillez-moi ça ! Sinon, on ne nous croira jamais !... Pourquoi et surtout comment nos ancêtres ont-ils apporté cette tête ici ?... Où l'ont-ils trouvée ? Ça n'est visiblement pas eux qui ont pu sculpter cette matière active ! Je parierais ma particule que ce machin est extraterrestre !

MARC :

— Hum... Personnellement, je ne crois pas aux soucoupes volantes !... Parie ta particule si tu veux, moi j'ai perdu la mienne à la Révolution. Même s'il s'agit d'une science inconnue, il y a une chose qui m'intrigue... Fadh pourrait bien avoir raison et je voterais plutôt pour la source d'énergie cachée... Spirituelle, je ne sais pas mais physique en tous cas... Passe-moi donc l'épée !... Fahd, prend le bâton de pèlerin !...

BOB :
— Que veux-tu faire ?

MARC :
— Je voudrais essayer de la soulever, cette tête ... La déplacer un peu sur son autel... Je vais glisser l'épée sous la base, essayez de la pousser par là pendant qu'elle ne portera plus qu'un bord sur l'autel...

Marc glisse l'épée sous la base pour faire levier. À peine la tête est-elle soulevée d'un millimètre qu'elle s'éteint doucement. Il la repose, elle se rallume.

MARC :
— Ah ! Je crois que j'ai trouvé un truc, les gars ! Je ne sais pas quoi encore, mais il y a un truc bien terrestre !

BOB :
— En effet. Continuons !

KARIM :
— Attendez ! C'est quoi ça ?...

Karim montre sur une face de l'autel une petite niche dont la plaque de façade est fêlée. On force la plaque de pierre et la niche est ouverte. Dedans on trouve un récipient de bois, comme un gros baquet qui aurait des manches à la place des oreilles.

MARC plaisante :
— J'ai compris ! C'est un casque pour Baphomet !

Mais il a tort.

Ils coiffent l'énorme tête de ce récipient bizarre et poussent sur les manches de bois. La tête du BAPHOMET tourne sur elle-même et change de couleur !

TOMMY :

— Ça alors ! Vous avez vu ? Elle brille violemment sur la Jeunesse, et s'adoucit à l'âge mûr...

MARC :

— Hum... Baphomet, *Bios-phos-métis*, vie-lumière-sagesse... Ça me confirme dans mon idée... Encore un tiers de tour !...

La tête tourne encore d'un cran. La lumière s'éteint. Les hommes sont dans le noir complet.

MARC :

— Lumière, please ! Je ne veux pas rallumer cette tête tout de suite...

KARIM :

— Voilà !

Les lampes électriques prennent le relais de l'éclairage « baphomesque ».

MARC :

— Il faut absolument la déplacer ! Il doit y avoir un contact là-dessous ! Je crois que nous avons sous les yeux la première utilisation au monde de l'énergie électrique !

BOB :

— Tu te rends compte de ce que tu dis Marc ?... L'électricité au XIIIe siècle ?!!! Voire même peut-être des siècles ou des millénaires avant !...

MARC :

— Je m'en rends parfaitement compte, justement ! Comment expliques-tu tout ça ? À l'évidence, le Lacet du Prophète n'est pas l'objet que nous devions trouver ! Même en argent, et même donné par Mahomet, un lacet n'est qu'un lacet !... L'objet véritablement important, il est là, sous nos yeux ! Et je veux comprendre comment il fonctionne !... Sa matière éclaire en émettant ses particules d'énergie en excès sous forme lumineuse, mais sans doute aussi dans d'autres plages de longueur d'ondes, ce qui a pour effet de la faire chauffer. Voilà pourquoi Karim et Tommy se sont brûlés à son contact. Lorsqu'on touche une lampe allumée depuis un certain temps, on se brûle, c'est bien connu ! Vous me direz, nous autres Templiers, nous sommes habitués à nous faire griller... d'accord ! Mais j'aime bien toujours savoir pourquoi... Faisons-la basculer. Je veux voir le dessous de cette tête !

Eteinte depuis trois minutes, la pierre s'est un peu refroidie. Ils peuvent la toucher sans crainte et se mettent à trois pour la rouler sans l'abîmer. La base apparaît.

MARC :
— Et voilà ! Du triphasé ! J'en étais sûr !

FAHD :
— Comment peux-tu dire cela ?

MARC :

— C'est simple. Regardez ces petits plots d'argent qui correspondent aux quatre petites coupelles au centre de l'autel, et l'axe au milieu sur lequel on la fait tourner. Il y a quatre contacts. Ce sont les différentes positions correspondant aux différentes intensités. Comme je ne vois aucun variateur apparent, c'est probablement un genre de triphasé. Basse tension, mais du triphasé tout de même !

TOMMY :

— Le dernier plot étant pour « la terre » ?

MARC :

— Tu ne crois pas si bien dire ! Pour la terre... La Terre-Mère, en effet ! Pour lui rendre ce qui n'est pas utilisé. Chapeau, les ancêtres ! Ils avaient vraiment le sens de l'écologie... et surtout d'extraordinaires connaissances en Physique élémentaire car ceci, Messieurs, n'est rien d'autre qu'un gigantesque transistor !...

BOB:

— Des photos, Karim ! Des photos ! C'est incroyable!...

TOMMY :

— Comme l'a dit Fulcanelli : « *Le Baphomet est l'image synthétique où les initiés du Temple avaient groupé tous les éléments de la Haute Science et de la Tradition* ». Cette fois, la démonstration en est faite !... Bon, maintenant qu'elle est froide et inoffensive, on va pouvoir l'emporter ?

MARC :

— Pas si simple ! Vous avez vu le poids qu'elle fait ? Comment va-t-on la remonter ? Et puis, n'oubliez pas que les américains sont toujours là-haut ! Lennox croit avoir trouvé ce que nous cherchions, laissons-lui ce plaisir !

N'allons pas lui donner cette trouvaille en prime ! De plus, c'est bien ici qu'elle est le plus à l'abri des cupides et des envieux de toutes espèces. Elle y est depuis des siècles et sans doute davantage si j'en juge par la grande antiquité apparente de cet endroit... Qu'elle y reste ! C'est là qu'elle est le plus en sécurité, c'est mieux qu'un coffre-fort en Suisse ! Et c'est probablement ce qu'ont dû penser également nos ancêtres lorsqu'ils l'ont trouvée. Car je n'ai aucun doute là-dessus : ce ne sont pas eux qui l'ont fabriquée ! Elle était là bien avant et c'est pourquoi ils ont construit le Krak au-dessus !

BOB :

— Alors, nous allons rentrer sans ce pour quoi nous étions venus ?

MARC :

— Hum ! On n'a peut-être pas besoin de tout prendre !...

Marc avise quelques grains de matière sur l'autel. La tête du Baphomet s'est un peu effritée lors de son retournement et quelques grains verts s'en sont détachés.

MARC :

— Passe-moi ta torche électrique, Fahd.

Il dévisse le fond et sort une pile. Il pose un grain sur le contact. Le grain s'illumine jusqu'à l'incandescence et éclate.

MARC :

— Formidable ! C'est beaucoup mieux que l'électricité elle-même ! Ce composé minéral fonctionne aux courants faibles et a même des propriétés explosives ! Mince !

Rendez-vous compte, c'est révolutionnaire même pour nous !...

Il balaie aussitôt de la main tout ce qu'il peut ramasser sur l'autel et forme un petit tas.

MARC :
— Quelqu'un a une enveloppe ? Un sac en plastique ? Bon, tant pis !

Il fouille ses poches, en sort un vieux billet de cinq euros usagé qu'il replie comme un sachet et pousse ses grains de sable dedans. Il remet le tout dans sa poche.

MARC :
— Messieurs, je crois que nous pouvons y aller. Nous avons finalement trouvé ce que nous étions venus chercher... Et ça risque de faire du bruit, c'est moi qui vous le dis !

## 44

**Intérieur jour** : Boston, le QG de Soleil Noir.

GAUTHIER :
— Éminence !... Votre appel de Djedda sur la ligne sécurisée !

SON ÉMINENCE :

— Ah ! Merci Gauthier !...

Allo ?... Mister Bin Laben ?... Je vous remercie, et vous ?... La famille va bien ?... Tant mieux !... Et votre neveu, toujours au Pakistan ?... Comment ?... Aux Bahamas ?... c'est sûr, vous êtes plus tranquille comme ça... Oui, j'aurai l'objet demain matin par porteur spécial !... Oui, bien sûr ! Vous pensez ! Quand j'ai su qu'il s'agissait de ça, j'ai immédiatement pensé à vous, c'est bien naturel !... Ah ! C'est une découverte extraordinaire, oui, inespérée, je suis de votre avis !... Pour la Kaaba de La Mecque ? Evidemment !... Bien sûr, je sais que ça va augmenter énormément votre grande influence sur le monde musulman. C'est bien pour ça que je vous l'ai proposé en priorité !... Pardon ?... Les Iraniens ?... Oui, ils sont bien sûr très très intéressés aussi, mais en ce moment... Non, les démocrates bougent un peu trop là-bas... Et puis, avec l'embargo qu'ils subissent depuis dix ans, ils n'ont pas les moyens d'assumer un tel achat !... La vente ?... Dans trois jours Excellence... Par vidéo conférence, oui... C'est entendu, Excellence !... Je vous rappelle pour un rendez-vous dès que l'objet est là ! À bientôt cher ami !...

Gauthier !

GAUTHIER :

— Éminence ?

SON ÉMINENCE :

— Où m'avez-vous mis le téléphone de Khaftani !... Oui, le Président d'Iran bien sûr, pas le barbier du coin !

GAUTHIER :

— Vous l'avez déjà demandé hier, Éminence. Il est dans

votre agenda.

SON ÉMINENCE :
— Merci !

Allo ?... Mister Président Khaftani, please... Mister Paul, from Boston !...

Allo, Monsieur le Président ?... Bonjour, Monsieur le Président. J'ai une excellente nouvelle pour vous, j'aurai l'objet demain matin !... C'est ça, demain matin, oui !... Comment ? Vous le livrer à Téhéran ?... Non, impossible !... C'est à vous d'en prendre livraison en Amérique, si vous en êtes l'adjudicataire final, bien entendu !... J'entends bien... Bien sûr que les Saoudiens seront là !... Le Sultan de Singapour et les Indonésiens aussi, oui, mais les pauvres, ils rêvent !... Oui, vous auriez préféré une vente amiable, je vous comprends, mais pour un tel objet, comment faire autrement, n'est-ce pas ?... Alors, c'est d'accord ? Je vous rappelle pour un rendez-vous à Boston dès qu'il est arrivé... Comptez sur moi Président ! À bientôt !... C'est ça ! Mes hommages à vos épouses !

Son Éminence raccroche en se frottant les mains.

SON ÉMINENCE :
— Magnifique ! Avec ça on va rallumer la guerre entre Sunnites et Chiites ! On va de nouveau embraser le Golfe, et cette fois, sans même y mettre les pieds !... Bande de polygames attardés !... Ah ! Allah vous a donné le pétrole en héritage, croyez-vous ? C'est bien signe qu'il voulait qu'on vous le prenne !... Depuis le temps que vous nous le faisiez payer si cher !...

Il se lève en se frottant les mains et repasse dans le bureau de Gauthier...

— Gauthier !

GAUTHIER :
— Éminence ?...

SON ÉMINENCE :
— Notre frère William Speak de la CIA est toujours à la direction d'Interarms n'est-ce pas ?

GAUTHIER :
— Vous voulez dire Wilfried Speak ? Oui, il est à la Direction Générale, à Dallas...

SON ÉMINENCE :
— William... Wilfried... Qu'importe ! Appelez-le !... Que fait Wall-street en ce moment ?...

GAUTHIER :
— Calme plat...

SON ÉMINENCE :
— Mettez tout sur les valeurs d'armement... Et cherchez-moi aussi tous les spots flottants de pétrole que vous pourrez trouver, à n'importe quel prix !... Les affaires reprennent Gauthier !

## 45

**Intérieur nuit :** Le puits du Krak.

MARC :

— Bon, il va falloir finir l'ascension mes amis... Ce n'est pas le plus facile. Nous avons passé deux heures dans cet escargot, et nous avons encore plus de la moitié de la hauteur à grimper... À qui le tour ?

FAHD :

— J'y vais.

MARC :

— OK. Tu as vu comment s'y prenait Karim ? C'était très bien s'il n'avait rencontré cette ouverture surprise. Fais pareil.

Fahd entame l'ascension avec les deux gros bâtons de pèlerin. Dix minutes plus tard, il est arrivé en haut et sort du puits. Il balance la ficelle à laquelle on attache une corde.

FAHD :

— Une seconde, je trouve un point d'amarrage...

Il disparaît un instant.

FAHD :

— Ça y est ! À vous !...

Les uns après les autres, ils rejoignent la margelle. Tout

est calme dans la salle de garde. On entend quelqu'un chanter le blues à l'extérieur.

BOB :

— Doucement !... Sans bruit surtout !... OK, on souffle un peu !...

Quand tous se sont reposés un instant, Marc prend à voix basse la direction des opérations.

MARC :

— Bon, s'ils sont toujours installés pareil, leurs camions sont au Nord, ça nous arrange parce que je propose qu'on sorte par là... Karim et Tommy, vous portez nos affaires et montez dans un Hummer. N'oubliez pas de crever les autres. Deux pneus à chacun... Bob, Fahd et moi, nous allons faire un tour sous la tente de Lennox. S'il y a du chambard, vous partez immédiatement sans nous attendre !... Rendez-vous à Paris. Tommy, prends ça ! Tu sais ce que tu dois en faire...

Marc tend à Tommy le billet plié en sachet.

Négligeant l'escalier au-dessus duquel l'explosion avait ouvert la voie, les hommes se faufilent dans le boyau ensablé de la poterne qui les avait laissé pénétrer la première fois. Ils font doucement écouler le sable sous les pierres dont Tommy avait rempli l'entrée en surface, et bientôt...

46

**Extérieur nuit :** Trois heures du matin. En bordure du campement américain, deux têtes émergent prudemment des sables...

KARIM :
— C'est bon ! Leurs sentinelles sont là-bas... Allons-y !

Les deux hommes courbés en deux se faufilent jusqu'aux camions. Ils commencent à crever les pneus des deux premiers et s'approchent de la portière du troisième.

TOMMY :
— Merde ! Il y a quelqu'un qui dort dedans ! Qu'est-ce qu'on fait ?...

KARIM :
— On n'a pas le choix ! Assomme-le !

TOMMY :
— T'es bon, toi ! Il dort avec son casque ! Il faut déjà le lui retirer sans qu'il se mette à gueuler !

KARIM :
— Bon, alors on lui pique son M16, toi tu le braques et moi je le ligote !

TOMMY :
— OK !

Tommy arrache le fusil des mains de l'endormi qui sursaute, retire son casque et ouvre les yeux. Il voit aussitôt le fusil braqué sur lui et se met à rire !...

MILLER :

— Non ! Dites moi que je rêve ! Ce n'est tout de même pas vous !...

TOMMY :

— Sergent Miller ?!!!

MILLER :

— Ben oui ! Sergent Miller... Qu'est-ce qu'il y a d'étonnant ? C'est vous qui n'êtes pas à votre place ! Qu'est-ce que vous fichez ici ?

TOMMY :

— Pas le temps de vous expliquer sergent ! Poussez-vous et fermez-la !

MILLER :

— Vous cherchez encore les ennuis, mes garçons ! Mais je vous connais maintenant. Je sais bien que vous ne me tuerez pas... Rien ne m'empêche donc de gueuler !... ALARM ! ALARM !

KARIM :

— Putain ! Assomme-le, je te dis !

Presque à regret, Tommy lui colle un coup de crosse. Le sergent s'étale sur le siège. Trop tard ! L'alerte est donnée, les soldats surgissent de toutes parts et le camp s'illumine ! Bob, Marc et Fahd sont pris au milieu des projecteurs.

MARC :

— Merde ! Merde ! Merde ! Trois fois merde !

Le lieutenant Lennox apparaît devant sa tente.

LENNOX :
— Tiens, tiens !... Quelle surprise !... Ma compagnie vous manque, dirait-on !... Ou serait-ce cette si jolie petite boîte à lacet ?...

MARC :
— En douteriez-vous, Lennox ? C'est vous, évidemment ! Votre charme personnel nous a tellement manqué !... Et puis, nous n'avions pas eu le temps de vous présenter notre ami Bob... Vous êtes parti si vite !...

LENNOX :
— Croyez bien que j'en suis marri ! Mais ce n'était que partie remise puisque nous voilà tous réunis à nouveau...

On entend un Hummer bondir... Des cris de voix annoncent que les autres sont à plat. Lennox pâlit.

LENNOX :
— Ah ! Bande de salopards ! Vous m'avez refait le coup des pneus crevés, hein ? Ce sont vos petits copains qui se tirent !

MARC :
— Nos copains ? Mais non... Sûrement quelque déserteur, lieutenant ! Nous n'avons pas de copains ici, nous sommes seulement trois frères...

LENNOX :

— C'est ça ! C'est ça !... Amusez-vous tant que vous pouvez le faire !... Mais ils n'iront pas loin ! Cette fois, je peux faire donner les hélicos !... Attaque surprise, dégradation et vol de matériel militaire, je ne voudrais pas être à votre place ni à la leur !... Et celui-là, qui c'est ? Un autochtone... Un terroriste !...

MARC :

— Voyons, Lennox ! Tu ne reconnais pas Fahd ? Tu sais le conducteur de Jeep qui lance des poignées de sable...

LENNOX : s'adressant à eux à voix basse :

— Moi, je le connais... Mais ni vous ni moi ne pouvons dire les raisons exactes de votre visite surprise, n'est-ce pas ?... Pour tous mes soldats ici présents, c'est un autochtone... Autant dire un terroriste !... Et ils sont nombreux à avoir vu des copains sauter ! Croyez-moi vous allez passer un sale quart d'heure !... Je vous laisse à leurs bons soins Messieurs, je vais donner des ordres pour les hélicos. Bonne soirée !

Il s'arrête un temps, puis...

— Le plus drôle, c'est que vous avez fait tout ça pour rien car j'ai déjà expédié l'objet à qui de droit !

Sur un geste, des GI's armés jusqu'aux dents entourent les trois hommes et les poussent fermement vers une tente. D'autres les y attendent, l'air mauvais, le couteau à la main...

MARC :
— On est mal partis, les amis !

BOB :

196

— J'en ai peur ! Espérons que Karim et Tommy s'en sortent !

Un GI :
— Shut up !

## 47

**Extérieur jour :** New-York, aéroport Kennedy, 17 heures. Deux hommes en tenue d'employés de la FedEx...

DICK :
— Salut Bill, tu as reçu le message ?

BILL :
— Bien sûr, sinon, je ne serais pas là. J'étais en congé à Atlantic City. Qu'est-ce qui se passe ?

DICK :
— Saxe veut qu'on récupère un colis à la FEDEX. Tu as la liste des arrivages depuis ce matin ?

BILL :
— Oui, la voilà.

DICK :
— Putain ! Il y en a une ribambelle !... Bon, ben il n'y a qu'à chercher !... Tout ce qui provient d'Irak, ça se trouve où ?

BILL :

— C'est classé par ordre alphabétique des noms de compagnies. Quelle compagnie fait l'Irak ? Il n'y a plus d'Irak Air... Ça ne peut être que la British Airways ou la TWA.

Heu... B... B, B, B.... J'y suis ! British Airways... Dis donc, rien que là il y a au moins cent cinquante colis ! On n'est pas sortis ! Voyons la TWA... Merde il y en a encore plus ! On en a pour des heures !...

DICK :

— Normal, avec tous les GI's qui sont là-bas !... Mais attends ! T'affole pas ! On peut déjà éliminer tout ce qui est plat, de moins de dix centimètres d'épaisseur...

BILL :
— On cherche quoi exactement ?

DICK :
— Un lacet, mon vieux !

BILL :
— Un quoi ???

DICK :

— Un lacet ! Oui, tu as bien entendu ! Mais pas n'importe lequel ! Un lacet historique, dans un coffret d'ivoire. Le coffret mesure au moins dix centimètres d'épaisseur, c'est pour ça...

BILL :
— Bon ! Ben... À l'attaque, hein !

Moins d'une heure plus tard, le colis recherché est isolé. Les deux hommes en combinaison bleue se séparent. L'un rentre chez lui, l'autre va dans un bar et demande un scotch. Puis il sort son portable et compose un numéro à Paris.

DICK :
— Allo, Saxe ?... Je l'ai !

Il entend répondre :
— Super ! Merci, à bientôt !

## 48

**Extérieur jour :** Les sables d'Irak. Le Hummer conduit par Karim est pris pour cible par deux « Apaches » qui poursuivent le véhicule... Karim quitte la route et louvoie autant qu'il peut. Les missiles fusent de partout et se plantent dans les sables alentour.

KARIM :
— Les salauds ! On va y passer ! Je suis plutôt bon conducteur mais je ne suis pas Rambo, moi !

MILLER :
— Tu te débrouilles très bien, petit ! Continue à zigzaguer et file vers la montagne, c'est notre seule chance !

KARIM :

— Je vous fais confiance, sergent. Après tout c'est aussi votre intérêt...

Le Hummer bondit au-dessus des dunes et file vers un épaulement rocheux. Karim s'abrite derrière.

KARIM :

— Ouf ! Là ce sera plus difficile pour eux...

MILLER :

— Ne crois pas ça ! On a juste gagné quelques minutes de répit. Avec ces traces dans le sable ils vont facilement comprendre et revenir par derrière... Il faudrait parvenir jusqu'au pied de la falaise là-bas... Il y a certainement une grotte ou un surplomb. L'espace est caillouteux et on n'y laissera pas de traces... Si on y arrive sans qu'ils nous voient, là nous serons à l'abri... Au moins provisoirement car il leur faudra faire des recherches à pied, ça prend plus de temps... Tu devrais profiter qu'ils font le tour pour y foncer maintenant. Après, ils vont se pointer de chaque côté et il sera trop tard !

KARIM :

— OK ! On y va !

TOMMY :

— On ne peut pas continuer comme ça ! Il nous faut de l'aide !...

Tommy fouille dans les sacs derrière lui et sort un portable. Il compose un numéro...

Karim appuie sur l'accélérateur. Le Hummer bondit en avant et parvient rapidement sur le sol caillouteux. Il est presque parvenu à l'abri de la falaise lorsque les deux Apaches réapparaissent de chaque côté comme des loups chassant en couple...

TOMMY :
— Allo ? Paris ?...

# 49

**Intérieur nuit** : Paris, le Marais, 14 heures.

SAXE :
— Allo ? Commandeur ?... Tu es en rendez-vous ?... Désolé !... Je voulais juste te dire : Nous l'avons !

LE COMMANDEUR :
— Beau travail, Saxe ! Tu féliciteras tes gars pour moi ! Ils nous l'envoient ?

SAXE :
— Non, j'ai dit qu'ils le mettent à l'abri au coffre. Pas la peine de prendre des risques ! Les autres aussi sont capables d'intercepter un colis !...

LE COMMANDEUR :
— Oui, tu as raison. De plus, il n'y a rien d'urgent. Que

va-t-on faire de ce lacet, je te le demande ?...

SAXE :

— On pourrait en faire cadeau au roi du Maroc, c'est un de nos amis, non ?! Un tel présent lui ferait plaisir, tu peux en être sûr ! Et après tout, c'est ton homologue... Lui aussi est Commandeur !

LE COMMANDEUR :

— Ha ! Ha ! Commandeur des croyants, oui... Plaisanterie mise à part, c'est une bonne idée, je vais y réfléchir...
A-t-on des nouvelles de l'équipe en Irak ?

SAXE :
— Je ne sais pas. Je te passe Lorenzo.

LORENZO :

— Allo ? Commandeur ? Oui, ben non, on n'a pas davantage de nouvelles pour l'instant... La dernière écoute de Boston ne nous a pas appris grand-chose... Pas à leur sujet en tous cas. Ils sont probablement toujours au fond du gouffre. J'espère que Fahd les sortira de là rapidement... Non ! Rien de plus, Commandeur... Ah, si ! Mais je ne crois pas que ça ait un rapport... C'est probablement encore une combinazione d'affairistes... Leur Éminence lance une grande opération sur les actions en bourse...

LE COMMANDEUR :
— Quel domaine ?

LORENZO :
— L'armement, je crois... et sur le pétrole flottant.

LE COMMANDEUR :

— Comment ? L'armement et le pétrole ?!!... Mais Lorenzo, réfléchis deux secondes ! IRAK-ARMEMENT-PETROLE !... Un cocktail détonnant pour une zone musulmane !... Bien sûr que ça a un rapport ! Bon dieu ! Je veux tous les renseignements possibles là-dessus !

Appelez-moi Jean-Jacques, à la COB ! Tout de suite ! Qu'il surveille tous les mouvements dans les quarante-huit heures à venir !...

Lorenzo raccroche.

LORENZO :

— Putain ! Il est fort le vieux, il pige vite! C'est pas par hasard qu'il est devenu Commandeur celui-là !

Le téléphone sonne.

LORENZO :

— Oui ?... Qui ça ?... Tommy ! Ah ben, nous nous inquiétions justement de vous à l'instant !... Alors ? Comment ça va ? Vous êtes sortis de votre trou ?... HEIN ?!... QUOI ?!!!... Merde ! Manquait plus que ça !

SAXE :

— Qu'est-ce qui se passe ?

LORENZO (résumant rapidement) :

— Bob, Marc et Fahd ont été repris par Lennox. Il y a du baroud apparemment. Bref, ils sont entre ses mains tous les trois !... Tommy et Karim se sont échappés...

Attends, il essaie de me dire autre chose...

Putain ! Ça passe mal !... Où tu es, là, Tommy ?... Dans

un camion ? Oui... Oui, j'écoute et je note... Autre chose ?... Mais quoi, autre chose ?... Un autre objet ?... Tu ne peux pas parler ? Oui, je comprends !... J'en réfère tout de suite ! On voit ce qu'on peut faire pour vous tirer de là, eux et vous !... Trouve une palmeraie ou quelque chose, un hangar, une grotte, je ne sais pas !... Planquez-vous dessous avec le bahut, ou abandonnez-le ! Vous faites une trop belle cible comme ça ! Compte sur moi, je t'arrange un autre transport !...

Lorenzo raccroche. Il rappelle immédiatement.

LORENZO :
— Allo, Commandeur ?... C'est encore moi, désolé ! Je viens juste d'avoir Tommy. Il est en cavale dans un Hummer qu'ils ont piqué à l'armée américaine et ils ont deux Apaches sur le dos. Je lui ai dit qu'il abandonne le bahut immédiatement, mais ils sont en plein désert !... D'autre part, Bob, Marc et Fahd sont prisonniers du fameux Lennox, qui commande une section de GI's !... Qu'est-ce qu'on peut faire d'ici ?...

LE COMMANDEUR :
— Bon dieu ! C'était trop beau ! On venait juste de les blouser !...

LORENZO :
— Ah oui ! Il m'a parlé aussi d'un autre objet, je ne sais pas quoi...

LE COMMANDEUR :
— Un autre objet ?... Il a dit un AUTRE OBJET ?

LORENZO :

— Apparemment plus important que le premier, mais je n'en sais pas plus pour l'instant...

LE COMMANDEUR :

— Bon dieu ! Mais c'est bien sûr ! Il y avait forcément autre chose !... Manuel avait raison. Ce Lacet du Prophète ne pouvait pas être ce que nous cherchions ! Ils ont trouvé plus important... OK ! Ecoute-moi bien Lorenzo... Hum... Saxe est encore là ? Repasse-le moi !

Allo Saxe ?... Mon vieux, je suis désolé pour toi. On va changer notre fusil d'épaule et il va falloir faire très vite : tu rappelles ton gars à New-York et on fait un échange ! Nous rendons le lacet, ils relâchent nos gars et ils arrêtent la chasse !

SAXE :

— Lâcher cinq hommes pour un bout de ficelle ? Tu crois vraiment que ça va marcher, Commandeur ?

LE COMMANDEUR :

— Fais ce que je dis ! Organise la chose. Sans impair, si possible, et même sans arnaque. Ça pourrait leur coûter la vie. Je veux leur laisser une chance. On s'en fout de ce lacet. S'il le veulent tant, ils l'auront !... Je préfère la vie de nos frères !

**50**

**Intérieur jour :** Boston.

GAUTHIER :

— Allo ? Oui j'écoute !... Qui demandez-vous ?... Vous devez faire erreur ! Il n'y a pas de Monsieur Paul ici !... Mais puisque je vous dis... Comment ? Un lacet ?... Ne quittez pas !

Éminence ! Éminence !

SON ÉMINENCE :

— Quoi ? Qu'est-ce qu'il y a Gauthier ?...

GAUTHIER :

— C'est un type que je ne connais pas au bout du fil... Il vaut parler à Monsieur Paul et il prétend détenir le Lacet !... Mais je ne sais pas qui c'est, Éminence ! Sûrement quelqu'un d'en face... Je ne comprends pas !

SON ÉMINENCE :

— Moi j'ai peur de comprendre ! La FedEx devrait être passée depuis au moins une heure non ?

GAUTHIER :

— Deux, Éminence !

SON ÉMINENCE :

— Eh bien, Gauthier, nous n'avons plus le lacet, voilà tout ! Si ce monsieur veut me parler, c'est qu'il a de bonnes raisons pour ça. Je le prends.

Allo ? Bonjour, cher monsieur !...

MIKE :

— Monsieur Paul ?

SON ÉMINENCE :

— Lui-même ! Alors, vous vouliez me parler ?... À qui ai-je l'honneur ?...

MIKE :

— Appelez moi Mike. J'ai quelque chose qui semble vous tenir à cœur...

SON ÉMINENCE :

— Vous auriez quelque chose à moi ? Eh bien cher Mike, qu'attendez-vous pour me le rendre ?

MIKE :

— Minute !... Vous détenez des hommes à nous ! On devrait pouvoir s'entendre...

SON ÉMINENCE :

— J'aurais des hommes à vous ?... Première nouvelle ! Qu'est-ce qui vous fait dire ça ?

MIKE :

— Je le sais, c'est tout ! Dites ! On ne va pas jouer au chat et à la souris, je n'ai pas le temps ! Le lacet vous intéresse ou pas ?

SON Éminence faisant signe à Gauthier d'enregistrer la conversation :

— Si vous le prenez comme ça... Où êtes-vous cher monsieur Mike ?

MIKE :

— Vous me prenez pour une bille ? Je suis où je suis ! Dans la nature... Trois de mes amis sont prisonniers d'un certain Lennox, en Irak, et deux autres sont poursuivis par les hélicos de la chasse américaine. Vous avez une heure pour arrêter ça et les faire relâcher, faute de quoi le fameux lacet finira en spaghetti sauce bolognaise ! C'est bien compris Monsieur Paul ? Deux heures ! Pas une seconde de plus ! Je vous rappelle dans une heure pour savoir si mes conditions ont été exécutées. À tout à l'heure !

SON ÉMINENCE :

— Vingt dieux ! il a raccroché. Ce Mike ne devait pas être loin d'ici. Vous avez l'enregistrement de sa voix ?

GAUTHIER :

— Oui. J'en ai un échantillon.

SON ÉMINENCE :

— Parfait. Envoyez le immédiatement à Max, à la NSA, qu'il localise son prochain appel. Et appelez-moi Lennox ! Je veux savoir si c'est vrai qu'il a pris ces types...

GAUTHIER :

— Lennox n'a pas de ligne sécurisée Éminence... Vous voulez qu'on prenne le risque de l'appeler en clair ?

SON ÉMINENCE :

— Pas le temps de faire autrement, Gauthier. Ce Mike ne plaisantait pas, il serait capable de passer ce lacet à la moulinette et l'opération est trop engagée, j'en ai vraiment besoin...

GAUTHIER :

— Je l'appelle tout de suite et je vous le passe, Éminence...

Allo, Lennox ?...

## 51

**Extérieur jour :** Les sables d'Irak. Sous sa tente Lennox décroche son portable devant Martinez.

LENNOX :
— Lieutenant Lennox, oui. Qui le demande ?... Mister Paul ?... Connais pas ! Que me veut-il ?... Si j'ai des prisonniers ?!!! Mais en quoi ça le regarde ?... Hein ? Que je les libère !!! Encore plus drôle !... Allez vous faire foutre, cher monsieur Paul ! Je n'ai de compte à rendre qu'à mes supérieurs ! Bonsoir !
Il raccroche. Un caporal entre.

LE CAPORAL MARTINEZ :
— Un problème, Lieutenant ?

LENNOX :
— Non, Martinez. Juste une erreur. Un type que je ne connais pas. Un de ces putains de journalistes, sans doute, qui voulait des infos à peu de frais... Je l'ai envoyé se faire foutre ! Avez-vous des nouvelles du sergent Miller ?

LE CAPORAL MARTINEZ :
— Non, mon Lieutenant. On l'a cherché partout. J'ai peur qu'il n'ait été pris en otage par ces terroristes qui nous ont

piqué le Hummer... C'est lui qui a donné l'alerte, mais ils ont dû l'assommer avant de partir...

LENNOX :

— Shit ! Il manquait plus que ça ! Et moi qui ai donné l'ordre aux hélicos de tirer à vue !...

LE CAPORAL MARTINEZ :

— C'est sûr, il va y passer mon Lieutenant ! Souhaitons que le conducteur soit un as et échappe aux missiles...

LENNOX :

— Bon, j'ordonne immédiatement qu'ils arrêtent la chasse. J'espère qu'il n'est pas trop tard pour Miller !

LE CAPORAL MARTINEZ :

— J'espère aussi, mon Lieutenant ! On a suffisamment de dégâts comme ça sans faire une bavure de plus...

LENNOX :

— Oui, bon, d'accord !... Mais je vous dispense de vos commentaires, Martinez !

LE CAPORAL MARTINEZ :

— À vos ordres, mon Lieutenant !

LENNOX :

— Charlie Tango de Little Snake. Charlie Tango de Little Snake. Charlie Tango, vous m'entendez ? Charlie Tango ?

CHARLIE TANGO :

— Ici Charlie tango. Je vous entends Little Snake. Mission

accomplie, cible pulvérisée !

LENNOX :

— Shit !... Des survivants, Charlie tango ?

CHARLIE TANGO :

— Je ne crois pas, mon lieutenant. Voulez-vous qu'on se pose pour aller voir ?...

LENNOX :

— Affirmatif, Charlie Tango. Récupérez les s'il y en a.

CHARLIE TANGO :

— OK, on y va. Charlie Tango, terminé.

## 52

**Extérieur jour :** Le désert, au pied de la falaise. Les deux Apaches se posent non loin des restes du Hummer qui brûle. Une fumée acre élève ses volutes noires au-dessus d'un brasier d'enfer. Les deux pilotes descendent de leurs appareils et s'approchent à quelques mètres de la carcasse fumante.

FREDDY :

— Tu ne l'as pas raté, John ! Ça crame bien ces trucs là finalement !

JOHN :

— T'es impressionné ? Moi pas ! J'ai trop l'habitude qu'on nous en fasse péter à la gueule !

FREDDY :

— Putain, ça chauffe ! On ne retrouvera personne dans ce brasier ! Les restes des mecs doivent être carbonisés, mélangés avec la ferraille et les pneus ! Cette fumée âcre... Beurk ! Moi je ne fais pas un pas de plus !

JOHN :

— Ouais, t'as raison ! Il y plus personne de vivant là-dedans ! On rentre !

FREDDY :

— Attends ! Je vais profiter de l'arrêt pour me soulager la vessie !

JOHN :

— Bonne idée ! Mais il y a un peu trop de vent par ici. Pas envie de me pisser dessus ! Allons à l'abri de la falaise.

Les deux pilotes vont se mettre à l'abri des rochers et commencent à se soulager... Trois silhouettes surgissent silencieusement derrière eux et les assomment proprement... Ils sont vivement désarmés et ligotés.

TOMMY :

— Quel bol d'avoir sauté à temps ! Ces salauds là nous auraient fait griller comme des Templiers !

MILLER :

— Drôle de comparaison !... Mais tu as raison, ces enfoirés nous auraient bel et bien effacés volontairement. Ils devaient pourtant savoir que j'étais avec vous !

TOMMY :
— Qu'est-ce que tu crois Miller ? Qu'ils allaient prendre des gants pour toi ?... Redescends sur terre, l'ami ! Tu n'as rien compris à l'affaire...

MILLER :
— Enfin merde ! Nos pilotes sont des experts. Ils savent très bien forcer un gibier sans se croire obligés de l'abattre ! Pourquoi ont-ils fait ça ?

KARIM :
— Mais parce qu'ils en avaient reçu l'ordre, bien sûr !

MILLER :
— Malgré ma présence comme otage ? Non, je n'y crois pas !

TOMMY :
— Eh bien, n'y crois pas, Miller ! Moi je crois ce que je vois ! Ils avaient ordre de nous descendre, otage ou pas, et voilà tout !

MILLER :
— Bon dieu ! Dire que je n'aurais jamais revu mes gosses !

TOMMY :
— Rassure-toi, c'est fini... Bon ! Maintenant, il va falloir qu'on se tire d'ici avant qu'ils envoient des renforts. Qui sait piloter ?

KARIM :

— Moi, j'ai mon brevet de pilote, mais je n'ai piloté que des petits avions de tourisme, pas des engins comme ça !

MILLER :

— D'après ce que j'en sais pour avoir souvent discuté avec des pilotes, c'est pareil, le manche à balais n'est qu'un gros joystick, comme ceux des jeux vidéo. Si tu sais décoller et atterrir, tu sais piloter un hélico.

KARIM :

— Ouais... De toute façon, je n'aurai pas souvent l'occasion d'essayer, hein ?... Mais il n'y a que deux places là-dedans...

TOMMY :

— Pas grave. Notre ami Miller va rester là avec ses compatriotes. On va juste saboter un peu l'autre appareil pour qu'il soit incapable de décoller et pour les rendre sourds-muets.

MILLER :

— Vous allez m'abandonner avec ces salopards ?

TOMMY :

— Pas de panique Miller ! On libère l'otage ! Que veux-tu de plus ? Dans une heure ou deux, on signalera votre position pour que vos copains viennent vous chercher, tu peux compter là-dessus, mais pour l'instant, tes mains s'il te plaît. On va t'attacher avec eux.

## 53

**Extérieur jour :** la colonne américaine. Un hélico approche en rase-motte et un haut-parleur se fait entendre :

« Lieutenant Lennox !... Vous avez deux minutes pour libérer vos otages avant qu'on ouvre le feu ! »

LENNOX :
— Qu'est-ce que ça veut dire ? Qui sont ces mecs ?

MARTINEZ :
— J'en sais rien mon lieutenant. C'est un appareil de chez nous...

LENNOX :
— Je vois bien Martinez ! C'est un Apache américain, c'est évident, mais qui est le pilote ?

MARTINEZ (observe aux jumelles) :
— Pas moyen de savoir, avec ce casque...

LENNOX (à la radio) :
— Identifiez-vous, Apache ! Qui êtes-vous ?

KARIM :
— Charlie Bravo. Ça vous va ?... Allez Lennox, libérez vos otages, ou nous ouvrons le feu !

LENNOX (à la radio) :

— Charlie Bravo, vous êtes en train de commettre une énorme erreur ! Ça vous vaudra le conseil de guerre !

KARIM :

— M'en fous ! Je ne suis pas américain ! Allez ! Ça suffit la discussion ! Premier avertissement !

L'apache tire une rafale en direction d'un Hummer qui explose.

KARIM :

— Alors, Lennox ? Tu les relâches ou je continue ?...

LENNOX :

— Ça va, ça va ! Martinez, allez chercher les prisonniers...

MARTINEZ :

— À vos ordres lieutenant !

Martinez va chercher Marc, Bob et Fahd, qui sourient en voyant l'hélico en vol stationnaire qui braque ses canons sur Lennox.

MARC :

— Eh bien lieutenant ? Vous n'avez pas que des copains dans la Navy, apparemment ! Comment allez-vous expliquer ça à vos supérieurs ?...

LENNOX :

— Ça va ! Tirez-vous avant que je ne déclenche les

hostilités ! Ces deux là me semblent de bien piètres pilotes de guerre. Je me demande ce qui se passerait si je faisais tirer un missile sol-air ?

MARC :

— Vous ne le ferez pas, Lennox ! Le jeu n'en vaut pas la chandelle. Vous auriez à expliquer pourquoi vous avez abattu un Apache. Déjà que ce Hummer ne me semble pas dans le meilleur état... Vous ne prenez pas bien soin de votre matériel, lieutenant !

LENNOX :

— Tirez-vous, Lange ! Et que je ne vous revoie plus !

MARC :

— Au plaisir, lieutenant ! Heu... Nous ne pouvons nous permettre que vous nous suiviez... Vous nous excuserez donc de crever encore une fois vos pneus !...


Après avoir une nouvelle fois crevé les pneus du Hummer restant, les trois amis sautent dans le dernier et démarrent. L'hélico largue un objet avec un papier autour, pivote sur lui-même et suit le Hummer. Lennox impuissant le voit se poser quelques centaines de mètres plus loin, et ses deux occupants rejoignent le véhicule tout terrain qui s'éloigne.

LENNOX :

— Fucked frenchies !

MARTINEZ ramasse l'objet tombé au sol. Il déplie le papier et lit :

« *Votre sergent et les deux pilotes sont sains et saufs, à cinquante miles à l'Est près de la route de Bagdad, au pied d'une falaise. Dépêchez-vous de leur porter un peu d'eau avant qu'ils ne dessèchent sur place.* »

— Excusez Lieutenant, mais pourquoi vous tenait-il tant à cœur de garder ces gens prisonniers ?... Ils n'étaient visiblement pas des terroristes...

LENNOX :

— Occupez-vous de vos fesses, Martinez ! Vous n'allez pas vous y mettre aussi, non ? Allez plutôt vous occuper de changer ces pneus !

MARTINEZ s'en va.

LENNOX se dirige vers sa tente et prend son téléphone.

— Allo, Gauthier ?... Dis à Mister Paul que je n'ai plus de prisonniers. Ils viennent de s'échapper.

## 54

**INTERIEUR JOUR :** Boston, le QG de Soleil Noir.

GAUTHIER :

— Éminence, je viens d'avoir Lennox. Il n'a plus de prisonniers, ils viennent de s'échapper.

SON ÉMINENCE :

— De s'échapper ? Nom de dieu !... ça ne fait pas notre

affaire, ça !

GAUTHIER :
— Vous vouliez les libérer, non ?

SON ÉMINENCE :
— Les libérer, oui... mais contre rançon ! Pas qu'ils s'échappent tout seuls ! Maintenant, nous n'avons plus de monnaie d'échange pour récupérer le lacet !

GAUTHIER :
— Les autres ne le sauront peut-être pas aussi vite ?

SON ÉMINENCE :
— Tu as raison ! Ce Mike doit me rappeler dans une demi-heure pour savoir. Ça veut dire qu'ils n'ont pas la liaison directe avec leur équipe... Il devra se contenter de ma parole. Je pourrai donc lui annoncer sans mentir que ses copains sont libres... Espérons que ce bluff marchera !...

GAUTHIER :
— Espérons !...

SON ÉMINENCE :
— Et cette fille à Paris ? C'est nettoyé ?

GAUTHIER :
— Hum... Non Éminence. Il semble qu'elle ait disparu sans laisser d'adresse... Mais nous ne lui avions encore rien versé ...

SON ÉMINENCE :

— Bon, il n'y a que demi-mal. De toutes façons, ce Manuel est coincé maintenant, on n'a plus besoin d'elle. Laissez courir... Vous avez fait le nécessaire pour les spots de pétrole flottant ?

GAUTHIER :

— C'est fait Éminence. Depuis ce matin nous raflons tout ce qui se présente sur le marché. Même chose pour les valeurs d'armement à la Bourse.

SON ÉMINENCE :

— Mais... discrètement j'espère ?

GAUTHIER :

— Evidemment ! Nous avons une douzaine de brokers différents sur chacun des dix marchés principaux. Ces achats parallèles font grimper les cours mais il sera impossible d'identifier l'acheteur derrière autant de courtiers différents... Au dernier point il y a quelques minutes, nous en étions globalement à sept cent millions de dollars dans chaque secteur...

SON ÉMINENCE :

— Parfait ! Continuez ! Pour le reste, appelez Max pour savoir si ses grandes oreilles ont pu localiser ce Mike...

## 55

**INTERIEUR JOUR :** Boston : le « Levant bar ».

MIKE :
— Allo Saxe ? Alors ?... A-t-on des nouvelles ?... Qu'est-ce que je fais ?

SAXE :
— Aucune nouvelle pour l'instant, Mike. On continue comme convenu. Ton appel les a fait réagir. Nos gars ont capté un appel en clair vers l'Irak. En apparence, Monsieur Paul s'est fait officiellement jeter par Lennox, mais on peut être sûr que le message est bien passé. Logiquement à cette heure-ci nos frères doivent être libres.

MIKE :
— Bon, alors je rappelle ce Monsieur Paul ?

SAXE :
— Attends encore un quart d'heure. Si je ne te rappelle pas d'ici là, vas-y. Il saura te dire s'ils sont encore ses prisonniers ou pas. Il ne te mentira pas de toute manière. Leur parole, c'est bien la seule chose à laquelle on peut se fier chez eux.

MIKE :
— Bon ! Alors j'en profite pour me taper un « Pork & beans », c'est la spécialité d'ici. Depuis ce matin à New-York, voilà sept heures que je n'ai rien avalé. J'ai la dalle !

SAXE :
— Bon appétit, Mike !

MIKE raccroche et pose son portable sur le comptoir :
— Garçon !

LE SERVEUR :
— Monsieur ?

MIKE :
— Un « Pork & beans » s'il vous plait... Et pourriez-vous me rendre un service ?... Mettre mon sac au frigo pendant que je mange. Ce sont des échantillons biologiques congelés. Le sac est isolant mais j'ai peur que la chaleur d'ici les abîme. Je le reprendrai tout à l'heure. Merci.

Le serveur met le sac au frigo, apporte l'assiette de porc aux haricots et sort vers la réserve. Mike entame son plat avec appétit. À peine a-t-il commencé que quatre types en noir entrent dans le bar et s'avancent vers lui :

— Mike ?... CIA... Veuillez nous suivre sans faire de vagues, s'il vous plaît !

MIKE se retourne. Dans le même mouvement, du coude il fait tomber son portable derrière le comptoir :
— La CIA ?!!! Sans blagues !... Qu'est-ce qui me le prouve ?...

Un de types sort son badge.

MIKE :
— Soit ! Vous, vous êtes de la CIA, mais les autres ?... Leur uniforme m'a l'air bien sombre pour des agents de la Centrale !

UN DES TYPES EN NOIR :

— Allez ! Ça va ! Ne fais pas le mariolle ! On sait très bien qui tu es... Où est le paquet ?

MIKE tente un bluff :

— Le paquet ? Mais quel paquet ? Je suis venu les mains dans les poches, je suis citoyen américain, en train de manger et j'aimerais qu'on me laisse finir tranquille. Vous avez un mandat pour m'arrêter ? Non ? Alors, allez vous faire voir !

LE TYPE EN NOIR :

— Bon ! Puisque tu le prends comme ça !...

Les quatre types l'encadrent, l'un d'eux sort un Colt 2000 qu'il lui enfonce dans les côtes...

— Allez ! Marche ! On sort faire un tour....

MIKE :

— OK ! OK ! Pas d'affolement ! Tout ça n'est qu'une méprise, je vous assure, vous me prenez pour un autre...

Ils sortent...

LE SERVEUR revient et trouve son bar vide avec l'assiette à moitié pleine :

— Shit ! L'enfoiré est parti sans payer !...

Il court à la porte, juste à temps pour voir une grosse voiture noire démarrer avec Mike et quatre types à bord...

Merde ! Qu'est-ce que ça veut dire ?...

Il repasse derrière son bar et avise le portable de Mike tombé derrière.

Ah ! Ben au moins, je vais trouver qui c'est ce mec...

Il ramasse le portable et appuie sur « bis ». Le numéro de Saxe à Paris s'affiche.

Un numéro à Paris ? Bof ! Rien à foutre ! Après tout c'est lui qui paie la communication !...

Il appuie sur appel.

SAXE décroche :
— Allo ?

LE SERVEUR :
— Bonjour ! Qui est-ce ?...

SAXE :
— Comment ça, « qui est-ce » ?!!! Qui êtes-vous vous-même ? Et comment avez-vous eu ce numéro ?

## 56

**EXTERIEUR JOUR :** Les sables d'Irak, route de Bagdad.

BOB :
— Ah ! Ah ! Ah ! On peut dire qu'on les a bien baisés ! Bravo Karim ! Tu pilotes comme un chef !

KARIM :
— Ce n'est pas si compliqué après tout. C'est comme un jeu vidéo. Ha ! ha ! Je revois la gueule de Lennox quand j'ai arrosé le terrain...

MARC :
— Il a eu la trouille de sa vie, oui ! Il ne nous pardonnera jamais ça !

BOB :
— Rien à foutre ! Il ne nous rattrapera pas maintenant avec le seul Hummer sans roues qui lui reste et deux hélicos en rideau ! Je me demande comment il va expliquer tout ça à ses supérieurs... À sa place, je crois que je déserterais maintenant !

MARC :
— Bon, c'est pas tout ça les gars, mais il faut prévenir Paris. Ils doivent s'inquiéter...

KARIM :
— Je les appelle tout de suite.

Karim sort son portable et appelle Paris.

## 57

**Intérieur nuit :** Le QG templier du Marais.

LORENZO :

— Oui ?... Karim ? Enfin ! Alors ?... Vous êtes tous sains et saufs ? Magnifique ! Et ce fameux objet ? Non, ne dis rien. On en parlera ici. Vous avez un vol Bagdad-Paris dans deux heures. Tout le monde vous attend. Ça ira ?... Parfait !

LE COMMANDEUR :

— C'était l'Irak ?... Ils sont sortis d'affaire apparemment ?

LORENZO :

— Oui. Tout va bien, s'il n'y a plus de surprise ils arrivent ce soir.

SAXE :

— En fait de surprise, j'en ai une, moi ! Mike a été enlevé à Boston mais les autres ont fait une belle boulette !...

LE COMMANDEUR :
— Raconte.

SAXE :

— Si j'ai bien compris, voilà comment ça s'est passé : Grâce à un enregistrement de sa voix lors de son appel chez eux, ils l'ont repéré lorsqu'il m'a appelé. C'est la preuve qu'ils ont accès à Echelon et donc qu'ils sont infiltrés jusque dans la NSA américaine... Ces gens sont vraiment dangereux ! Bref, ils ont débarqué au bar où Mike était en train de manger, et l'ont enlevé ! Mais, tenez-vous bien... Ils ont oublié le lacet du prophète dans le frigo du restaurant.

LE COMMANDEUR :
— Comment sais-tu tout ça ?

SAXE :
— Un certain Frankie m'a appelé de Boston il y a cinq minutes, depuis le portable de Mike. C'est le serveur du bar où Mike attendait l'heure de rappeler les autres pour faire l'échange... Mais comme Mike n'a pas eu le temps de payer, le gars ne savait plus à qui réclamer sa note. Sans savoir qui nous étions il a tout simplement fait « bis ».

LE COMMANDEUR :
— Ça ne nous arrange pas vraiment car en fait, s'ils n'ont plus nos amis d'Irak, ils tiennent Mike... Ils vont donc logiquement vouloir l'échanger puisqu'ils n'ont pas trouvé le lacet sur lui...

LORENZO :
— En effet, c'est probable...

LE COMMANDEUR :
— Réfléchissez. Pourquoi veulent-ils ce lacet avec tant de hargne ? Ils n'en connaissaient pas l'existence il y a encore deux jours... Que peut-il représenter pour eux ?

SAXE :

— Du fric, Commandeur ! Du fric ! Vous les connaissez, qu'y a-t-il de plus important pour eux ?

LORENZO :

— En effet. Mais comment un si petit bout de ficelle peut-il représenter autant de fric que l'on enlève ou qu'on tue pour lui ?

LE COMMANDEUR :

— Saxe a raison, Lorenzo. Il les connaît. En effet, ce petit bout de ficelle comme tu dis représente un pouvoir phénoménal pour le monde musulman, et le pouvoir... c'est du fric ! En l'occurrence, c'est le pouvoir de la foi, et comme la foi peut soulever des montagnes, ce misérable lacet est celui d'une route de montagne... Mais d'une montagne de fric !...

À propos, Lorenzo, as-tu des nouvelles de la COB ?

LORENZO :

— Oui Commandeur. Un rapport que Jean-Jacques m'a envoyé tout à l'heure indique des achats importants de valeurs d'armement sur tous les marchés. Les cours sont tendus, comme si le monde des affaires était inquiet d'une nouvelle guerre... Par ailleurs, les prix du Brut flottant suivent le même mouvement sans qu'on sache qui tire les ficelles...

LE COMMANDEUR :

— Moi je le sais ! Je viens d'avoir mon ami le roi du Maroc. Vous savez, celui qui est aussi Commandeur des Croyants n'est-ce pas ? Eh bien, l'éminent Monsieur Paul fait actuellement monter les enchères entre les Sunnites et les Chiites, visant à remettre le feu aux puits du Moyen-Orient, rien de moins !... D'où cette spéculation sur les armements et sur le pétrole flottant. Mais contrairement à ce qu'il avait calculé prématurément, dans ce jeu il lui manque encore l'atout principal, et les prix ne flamberont pas tant que cette ficelle-là restera au frigo !

LORENZO et SAXE ensemble :
— Le lacet du Prophète !...

LE COMMANDEUR :
— Exactement. Et nous allons contrer ses plans. Soleil Noir est immensément riche, c'est certain, mais les arbres ne grimpent pas jusqu'au ciel et sa trésorerie n'est pas extensible à l'infini... Pour acheter tout ce qui se présente, il va être obligé de liquider d'autres positions... Et nous allons l'y aider...

SAXE :
— L'aider ?!!!

LE COMMANDEUR :
— Oui ! L'aider à se dépouiller lui-même... Ça pourrait même être assez drôle. Voilà mon idée...

## 58

**Intérieur nuit :** Le bar de Boston. Le portable de Mike sonne. Le serveur décroche.

LE SERVEUR :

— « Levant bar », Frankie, j'écoute !... Ah, c'est vous, pardon ! L'habitude... Que puis-je pour vous ?

SAXE :

— Re-bonjour Frankie. Je vais être direct : L'enlèvement de notre ami nous met devant un problème que vous êtes seul à même de résoudre immédiatement. Voulez-vous gagner dix mille dollars et un week-end à Paris ?

LE SERVEUR :

— Avec joie ! Qui faut-il tuer ?

SAXE :

— Personne rassurez-vous ! Enfin, j'espère ! Écoutez-moi bien :

Il vous faut vous rendre au Delaware, louer un coffre à numéro dans une banque de votre choix, y déposer le sac que votre client vous a confié, et vous remettrez la clé du coffre à une personne que je vous indiquerai là-bas. Elle vous remettra les dix mille dollars et votre billet pour Paris en échange de cette seule clé. Vous nous rapporterez ensuite le plus rapidement possible à Paris les coordonnées bancaires. Ici, vous serez à l'abri, et dans huit jours ce sera terminé.

C'est bien compris ? Est-ce que c'est dans vos cordes ?... Si vous êtes d'accord, il vous faut partir tout se suite.

LE SERVEUR :

— Banco ! C'est Christmas, l'ami ! Dites, il doit avoir une sacrée valeur, votre colis !...

SAXE :

— Pour vous ou moi, pas plus que les lacets de vos

baskets, Frankie ! Vous pouvez regarder dans le sac si vous voulez, c'est un bel objet en argent mais très anodin et qui n'a en soi qu'une très faible valeur marchande. Mais dans d'autres mains que les nôtres c'est une bombe atomique qui pourrait faire des millions de morts...

LE SERVEUR :
— My god ! Vous m'impressionnez ! Qui êtes-vous donc ? Les services secrets français ?

SAXE :
— Hé, hé ! Pas loin. Mais ce serait trop compliqué à vous expliquer maintenant. Nous nous verrons à Paris. Pour l'instant, faites attention surtout qu'on ne vous suive pas ! Vous avez évidemment compris que ces gens n'ont enlevé notre ami que pour obtenir le paquet qu'il vous avait fait mettre au frais. Ne le trouvant pas sur lui, ils vont sûrement revenir chez vous. Et ce ne sont pas des enfants de chœur ! Dans notre intérêt commun, vous devez donc partir immédiatement.

LE SERVEUR :
— Compris. Mais dites-moi... Ça ne risque rien de mettre le colis à la banque ? Les coffres-forts ne sont pas réfrigérés...

SAXE :
— Ça ne risque rien, Frankie, ce truc en a vu d'autres ! Et dans quelques heures on le reprendra en charge...

LE SERVEUR :
— OK ! C'est parce que votre copain disait... Mais bah !... Je ferme immédiatement la boutique et j'y vais. À tout à l'heure !

SAXE :

— C'est ça !... À tout à l'heure, Frankie.


LE SERVEUR :

— Attendez que je regarde...

(Frankie consulte les horaires sur Internet)

C'est bon ! J'ai un vol pour le Delaware dans cinquante minutes. Je garde ce téléphone avec moi, rappelez-moi dans deux heures.


SAXE :

— Formidable ! Vous êtes un type efficace, Frankie. Ça me plait !


LE SERVEUR :

— Pour dix mille dollars et un week-end à Paris, vous savez !...


## 59


**Intérieur jour :** Paris, QG templier quartier du Marais.


LE COMMANDEUR :

— Voilà, Jean-Jacques, ce que j'attends de toi : Certains brokers achètent de l'armement à tour de bras depuis hier ainsi que des stocks de pétrole flottants... Tu vas rechercher pour nous toutes les positions de vente émanant de ces mêmes brokers, spécialement dans les valeurs technologiques et énergétiques, sauf pétrolières... On achète d'eux tout ce qui touche aux énergies douces. Par contre, on leur vend cash tout ce qu'on a en valeurs d'armement, et — mais uniquement sur le marché des options — tout ce qu'on a en valeurs pétrolières.

JEAN-JACQUES :
— Comprends pas ! Qu'est-ce que tu nous prépares, Commandeur ?

LE COMMANDEUR :
— Patience, vous verrez bientôt ! On va les piéger à leur propre jeu... Quand on aura bien asséché leur trésorerie, on étalera notre jeu à nous.

SAXE amusé :
— Mouais... Je vois venir l'affaire du siècle ! Sacré coup de poker !

LE COMMANDEUR :
— Je ne dis pas le contraire, mais tu m'assures que l'objet est en sécurité, n'est-ce pas ?

SAXE :
— Absolument. L'objet est au coffre. Je viens d'en recevoir confirmation du Delaware. Notre bonhomme a bien rempli sa mission et il arrive à Paris ce soir. Dès qu'il sera ici, plus personne ne saura dire en Amérique où se trouve cette sacrée ficelle...

LE COMMANDEUR :
— C'est parfait. Son Éminence Monsieur Paul devra donc trouver une excuse pour ne pas faire sa vente aux

enchères, et tout son plan se retrouve par terre.

SAXE :
— Mais on peut faire mieux...

LE COMMANDEUR :
— Par exemple ?

SAXE :
— Si nous faisions faire une copie de ce fameux lacet...

LE COMMANDEUR :
— Oui, oui ! Nous échangeons Mike et nous ferrons le poisson encore plus fort... Machiavélique !

SAXE :
— Ils méritent bien ça, non ?

LORENZO :
— Je suis d'accord !

LE COMMANDEUR :
— Moi aussi ! Mets ça au point. Et comme c'est nous qui menons la danse, je veux un échange dans trois jours, pas avant ! Ça nous laissera le temps de les plumer dans les grandes largeurs.

## 60

**Intérieur jour :** Boston, le QG de Soleil Noir, Mike est ficelé sur une chaise dans une salle de bains. Les hommes en noir sont autour de lui.

SON ÉMINENCE :
— Alors, Monsieur Mike, vous ne voulez toujours pas nous dire où vous avez caché ce fameux lacet ? Voilà 48 heures que vous êtes notre hôte. Ma patience a des limites. JE VEUX cette relique, vous m'entendez ! Et vous allez souffrir si vous ne parlez pas....

MIKE :
— Par pitié, laissez moi dormir ! Je ne peux rien vous dire de plus... Je vous donne ma parole de chevalier que je ne sais pas où il se trouve maintenant ! Je l'avais laissé dans le frigo du bar, il n'y est plus, que vous dire d'autre ?... Sans doute le barman l'a-t-il vendu pour se rembourser de ma consommation impayée....

SON ÉMINENCE :
— Ne me prenez pas pour un imbécile, Mike ! Cet homme a disparu depuis avant-hier. Il est des vôtres, n'est-ce pas ?

MIKE :
— Mais je vous jure que non ! En tous cas, pas à ma connaissance. Je ne l'avais jamais vu avant de m'arrêter chez lui dans l'attente de vous rappeler. Vous avez ma parole. Et si vous n'aviez pas voulu tricher en me faisant enlever avant l'heure, vous auriez maintenant votre lacet dans la main. C'est vous qui avez cassé notre accord. Prenez-vous en à vous-même si le lacet est maintenant perdu !

SON ÉMINENCE :

— Je ne crois pas à votre histoire, mon cher Mike ! Je connais trop les Templiers pour mépriser leur sens de l'organisation. Vous aviez certainement un frère en couverture qui a récupéré la chose après votre départ. Je suis sûr que vous l'avez repris... Gauthier, la piqûre !

MIKE :

— Qu'est-ce que vous faites ?!!!

SON ÉMINENCE :

— Juste un petit décontractant, mon cher Mike. Vous en avez besoin.

MIKE :

— Faites ce que vous voulez ! Je ne dirai rien de plus.

SON ÉMINENCE :

— Ça ne fait rien. Vous allez tout de même nous servir...

## 61

**Intérieur nuit :** Boston, au QG de Soleil Noir, dans les bureaux.

GAUTHIER :

— Le sérum n'a eu aucun effet, Éminence, il a dit la vérité. Il ne sait rien. Il nous avait d'ailleurs donné sa parole, et vous savez ce que ça signifie pour un chevalier...

SON ÉMINENCE :

— Je sais bien Gauthier, je sais bien... C'est justement ce qui me chiffonne. S'il dit vrai, nous risquons de perdre tout le bénéfice de l'opération que nous avons lancée. Il nous faut à tout prix retrouver ce lacet ! On ne va quand même pas en mettre un faux en vente...

GAUTHIER :

— Vous y aviez pensé ?

SON ÉMINENCE :

— Ah non, Gauthier ! Jamais cette idée ne m'a même effleuré. Quelle crédibilité en affaire aurions-nous après cela si une telle supercherie se découvrait ?... Je préférerais tout annuler. Mais je suis sûr qu'on peut encore le récupérer. Je suis convaincu qu'ils l'ont, en face !... Et nous avons une chance : ils ne laisseront jamais tomber leur frère...

Appelez-les à Paris !

GAUTHIER :

— Voilà, Éminence, je vous passe Paris.

SON ÉMINENCE :

— Allo ? Vieille canaille ? Comment vas-tu ?

LE COMMANDEUR :

— Ah ! Tiens donc ! Quel événement !... Mais la vieille

canaille, c'est toi Paul. Si tu m'appelles pour m'insulter, je raccroche tout de suite !

SON ÉMINENCE :

— Allons, allons ! On peut bien plaisanter entre frères, n'est-ce pas ?

LE COMMANDEUR :

— Qu'ai-je à voir avec toi ?... Quiconque fait la volonté de mon père, celui-là est mon frère !

SON ÉMINENCE :

— Matthieu, 12. Bravo Grand-maître, je vois qu'Alzheimer ne t'a pas encore atteint !

LE COMMANDEUR :

— Dis moi plutôt ce que tu veux, et qu'on en finisse !

SON ÉMINENCE :

— Je suis sûr que vous le savez déjà ! J'ai un homme à vous. Je l'échangerais volontiers contre un certain bout de ficelle...

LE COMMANDEUR :

— Je n'entre pas dans ces marchandages mercantiles ! Je te passe Saxe.

SAXE :

— Allo Éminence ?... Vous détenez Mike, je suis au courant. Comment pouvez-vous accorder plus de valeur à un lacet qu'à la vie d'un homme ?

SON ÉMINENCE :

— Très bien, Saxe ! De cette inconvenante observation, je conclus avec satisfaction qu'au contraire, vous accordez davantage de valeur à votre copain qu'à cette relique. Voilà qui augure bien de la conclusion d'un accord...

SAXE :

— Que pensiez-vous donc, misérable personnage ?... La vie est sacrée pour nous ! Comment pourrions-nous refuser de faire libérer Mike ? Evidemment que nous sommes d'accord ! Si vous le détenez toujours, naturellement... Que proposez-vous ?

SON ÉMINENCE :

— C'est simple : le lacet contre l'homme. En terrain neutre. Par exemple, au pied de Big Ben à Londres demain 16 heures.

SAXE :

— À Londres ?... Et vous appelez ça un terrain neutre ?... Pas d'accord ! Si vous tenez absolument à la Grande-Bretagne, je veux que cet échange ait lieu au cimetière de la chapelle de Rosslyn. Et seul à seul.

SON ÉMINENCE :

— Un pèlerinage en Ecosse ?... Vous êtes dur ! Pour y être demain à 16 heures vous m'obligez à affréter un avion spécial !... Bon, accordé... J'ai votre parole ?...

SAXE :
— Je veux parler à Mike d'abord.

SON ÉMINENCE :

— Naturellement, cher ami ! Rassurez-vous, nous sommes civilisés, il n'a pas été maltraité. Je vous le passe...

MIKE :

— Saxe ? Salut vieux frère. Oui, pas de problème, j'ai encore tous mes ongles.

SON ÉMINENCE :
— Alors ?...

SAXE :
— OK ! Demain 16 h00 à Rosslyn. Vous avez ma parole.

## 62

**Extérieur jour :** Chapelle de Rosslyn - Écosse, 15h30.

LE COMMANDEUR :

— On a une demi-heure devant nous. Aviez-vous déjà visité cet endroit les uns ou les autres ?

MARC :

— Personnellement non. J'en ai souvent entendu parler mais je n'étais jamais venu. C'est charmant.

TOMMY :

— Charmant ?... Plus que charmant ! Non seulement, c'est un endroit agréable et esthétique mais c'est surtout un lieu hautement symbolique pour les Templiers... Je ne vous raconterai pas les légendes qui ont couru sur le fameux « trésor des Templiers » qui serait parfois caché ici, parfois à Gisors, parfois à Rennes le Château... Construite par les Sainclair, cette chapelle est typiquement templière mais incontestablement Franc-maçonne aussi. À croire que la Maçonnerie est née ici... Bref, l'histoire des Sinclair est remarquable et intrigante, et leur nom même m'avait toujours intrigué... Mais il prend aujourd'hui à mes yeux un tout autre sens...

BOB :

— « Sinclair » ? C'est un nom connu d'accord, mais qu'a-t-il d'étonnant ?

TOMMY :

— Allons ! Ne me dites pas que ça vous a échappé. C'est un calembour, bien sûr ! Bien dans la manière des anciens, en « langue des oiseaux »... Sinclair-Saint-Clair... Enfin, voyons !...

BOB :

— En effet, c'est un nom composé, mais pas plus marquant que beaucoup d'autres noms anciens : Beaulieu, Beaujeu, Beauregard,...

TOMMY :

— Ben voyons ! C'est sûr !... à une époque où le patronyme n'existait pas encore !... Il y aurait aussi beaucoup à dire sur Beaujeu, mais à propos de Sinclair, rien ne vous frappe ?... C'est tout de même dans cette famille que sont sortis deux Grands-Maîtres de l'Ordre de Sion... Plus exactement de Sion-Ormus puisqu'ils viennent après la coupe de l'Orme de Gisors, en 1188, qui marqua la séparation de Sion et du Temple. Mais jusque là, même si l'histoire officielle ne le dit pas, ils avaient partagé leurs dix premiers Grands-Maîtres !... comme quoi Sion était bien le « cercle intérieur du Temple », le cercle des « initiés »... Et pour parler de la période plus récente, Baden Powell, ancien officier anglais et fondateur du scoutisme. Franc-maçon bien entendu et très certainement Templier ou descendant de Templier lui-même, avait cru bon d'épouser une Sinclair, c'est-à-dire de faire une alliance avec le clan... N'oubliez pas que c'est encore dans le scoutisme que nous recrutons nos meilleurs éléments... J'en suis moi-même issu.

Mais souvenez-vous aussi de l'un des tout premiers ordinateurs, une petite merveille d'initiation si j'ose dire, à un prix si ridiculement bas qu'il a littéralement démocratisé l'informatique !... C'est une pièce de musée de nos jours. Il s'appelait le « Sinclair ZX80 », premier ordinateur produit par la firme anglaise « Sinclair » dont les fondateurs sont les descendants de cette même famille...

MARC :
— En effet... Et alors ?...

TOMMY :
— Eh bien, à la lumière des aventures que nous venons de vivre et de la trouvaille qu'on a faite en Irak, je me demandais...

BOB :
— Si ce nom n'était pas prédestiné ? C'est ridicule !

TOMMY :
— Prédestiné, non. Je ne crois pas à une quelconque « prédestination » des choses ou des gens. Je pensais

carrément à PROGRAMMÉ ! Et programmé depuis le Moyen-âge !...

BOB :
— Tu délires...

TOMMY :
— Non, non ! Je m'intéresse au symbolisme et je fais des rapprochements, c'est tout... Enfin... Ouvrez les yeux ! Faites marcher vos méninges !... Ce « SAINT CLAIR » n'est autre qu'une allusion, avatar de notre Baphomet !

MARC :
—Nom de nom ! Il a raison ! Notre mystérieux Baphomet fonctionnait à l'électricité comme nous l'avons vu nous-mêmes... Or, les transistors, les mémoires ou les processeurs informatiques, c'est l'application directe d'un courant faible à une matière minérale ! Le parallèle est sidérant. Quand l'on sait ce que l'on sait, ces termes accolés de « saint clair » prennent un sens évident. C'est... C'est... Comment dire ?...

LE COMMANDEUR :
— Oserai-je dire que c'est... « LUMINEUX » ?... Il faudra en effet faire analyser cette matière étonnante et détonante que vous avez rapportée. Ce n'est pas la première fois que j'entends parler de lumière artificielle chez certains initiés aux temps reculés du Moyen-âge, et de nombreuses légendes parlent de lampes perpétuelles brûlant dans des tombeaux... Par ailleurs, les courants faibles étaient déjà utilisés en Mésopotamie au temps de Babylone puisqu'on y a retrouvé des amphores à anodes, qu'on s'est d'ailleurs empressé d'appeler les « piles de Bagdad »...

BOB :
— De Bagdad !???

LE COMMANDEUR :
— Eh oui !... de Bagdad...

MARC :
— On croit qu'on invente des choses, mais on ne fait que les découvrir du voile du temps. Au mieux, on les améliore. Qui d'entre nous peut croire encore à de telles coïncidences ?...

LE COMMANDEUR :
— On se flatte de faire « avancer » la civilisation, mais dans quel sens va-t-elle vraiment ?... Ah ! Mais trêve de philosophie ! Voici nos invités, les enfants. C'est toi qui t'y colles, Saxe ?

SAXE :
— J'y vais.

## 63

**Intérieur nuit :** Paris, le QG du Marais

LE COMMANDEUR :
— Ecoutez ça mes amis !

Le Commandeur allume la TV. Le présentateur annonce le journal de 20h00 :

« *En bref, les principaux titres :*

*Soulagement au Palais Brongnard :*

*On respire à nouveau sur les places financières où l'ombre de la guerre avait plané ces dernières heures. Depuis quelques jours en effet, la fébrilité agitait les marchés sur toutes les places boursières. Il semble qu'une spéculation effrénée se soit portée à tort sur les valeurs d'armement puisque aujourd'hui tous les cours retombent à un niveau très inférieur à ceux de la semaine dernière, et seules les valeurs technologiques gagnent quelques points. On ignore la raison profonde de cette agitation irraisonnée mais les petits porteurs semblent ne pas avoir été touchés par ce vent de folie aussi subit que volatile. Décidément la Bourse reste un placement hautement risqué même pour les initiés.*

*Sans transition, Relations extérieures :*

*On nous annonce que Sa Majesté le roi du Maroc, haut personnage de l'Islam s'il en est, signera officiellement la semaine prochaine à la Grande Mosquée de Paris un traité d'amitié avec la France républicaine et laïque.*

*C'est un événement de la plus haute importance qui n'a pas eu d'équivalent depuis l'invitation du Sultan de Constantinople Soliman le Magnifique par François 1er, au XVIe siècle.*

*N'oublions pas en effet que le souverain Alaouite est dépositaire du titre de "Commandeur des Croyants". Cette légitimité de Calife, passée après l'effondrement de l'Empire ottoman à la dynastie Hachémite de Bagdad, puis depuis 1958 à la dynastie Alaouite du Maroc, provient directement des empereurs abbassides de Bagdad et Damas du Moyen-âge.*

*Un échange de cadeaux a été fait pour l'occasion dont, par discrétion, les autorités chérifiennes comme françaises se sont refusées à révéler la nature... De source bien informée, on croit pourtant savoir que la France a offert au Calife une relique inestimable provenant directement du Prophète lui-même...*

*Politique étrangère :*

*La Maison Blanche a fait savoir que les troupes américaines stationnées en Irak depuis dix ans seront bientôt relevées par celles de l'ONU.*

*Tous les détails développés dans la suite de ce journal, mais pour l'instant une petite page de publicité... »*

— Eh bien voilà Messieurs ! Le Baussant a retrouvé ses valeurs d'antan. Nous ne sommes toujours pas reconnus officiellement, mais qui sait ? Peut-être un jour...

*Non nobis Domine, non nobis, sed nomini tuo da gloriam !*

\* \*

\*

FIN

Remerciements


A ma femme qui m'a encouragé ;
A mes enfants qui ont supporté mes interminables dissertations sur
le Moyen-âge et les Templiers ;

A tous mes amis, proches ou ou virtuels, passionnés comme moi
par l'épopée de ces fiers Chevaliers ;

A tous ceux qui ont suivi jusque là mon parcours d'écrivain sur
Facebook ou ailleurs.